KB100664

당당하게,

숨지 않고.

2024. 01

이혁진.

단단하고 녹슬지 않는

단단하고 녹슬지 않는

이혁진

위즈덤하우스

1

슈마허는 재호가 개발한 완전자율주행 인공지능의 이름이었다. 운전자 없이 주행도 하고 주차도 하는 완전자율주행 자동차 개발은 많은 회사가 오래전부터 시도해온 것이지만, 상용화 단계까지 성공한 건 재호의 회사가 최초였다. 업계에서는 즉각 경탄과 찬사를 보내며 성과를 조명했다. 하지만 일반인들은 그닥 놀라워하지 않았다. 슈마허가 경이로운 주행과 주차 능력을 보이고 외부 환경에 맞춰 내부 온습도뿐 아니라 조명까지 조절해주는 시연 영상에도 이제 인공지능이라면 이쯤은 당연히 해야 하는 것

단단하고 녹슬지 않는

아니냐는 반응들이었다. 영상에 달린 댓글들도 슈마허가 아니라 얼마 전 출시한 '무버(The Mover)'에 대한 언급이 대부분이었다. 무버의 출현이 얼마나 충격적이었는지, 또 그사이 얼마나 세상을 바꿔놨는지.

무버는 커다란 바퀴가 달린 의자로 아동용 휠체어처럼 보이지만 실은 교육용 머신이었다. 의자에는 그리스 철학자 아리스토텔레스의 유명한 문구, '모든 것을 움직이게 하는 움직이지 않는 자(者), The unmoved mover'가 음각돼 있었다. 탑재된 태블릿 컴퓨터와 고글형 컴퓨터의 인공지능 가정교사 이름도, 알렉산더 대왕의 가정교사이기도 했던 아리스토텔레스였다.

아리스토텔레스는 문답법으로 아이들을 가르쳤다. 아이들의 질문이 아무리 유치하고 반복적이어도 지겨워하거나 귀찮아하지 않았다. 일문일답, 항상 진지하고 충실하게 대답하거나 질문했고 이해를 돕는 삽화나 도표, 그래프도 태블릿 컴퓨터를 통해 즉석에서 그려 보여주기까지 했다. 이따금 재치 있는 말장난으로

아이들을 웃겨주기도 했다. 아이들이 남모를
고민을 털어놓을 때면 현실의 부모나 선생님도
주지 못하는, 현명하고 명석한 조언도 해줬다.
고글형 컴퓨터로는 교육 서버 알렉산드리아에
접속할 수 있었다. 아이들은 산수, 문법, 논술부터
역사, 철학, 수학, 미학, 물리학까지 방대한 주제를
아우르는 저술과 영상물을 아리스토텔레스의
안내, 요약과 함께 입체적으로, 쉽고 빠르게
열람할 수 있었다. 자체 제작한 영상물의 양과
질도 상당했다. 제조사가 막대한 비용을 들여서
세계 최고의 석학과 아동용 영상계에서 정평 난
작가, 연출가들을 섭외해 제작한 것들이었다.

아리스토텔레스는 아이들의 훌륭한
선생님이자 친구일 뿐 아니라 부모들이 신뢰할
수 있는 보모, 베이비시터였다. 편안한 특수 소재
의자는 자동 온도 조절에 안마 기능까지 제공했고
배터리만 충전돼 있다면 아이들을 어디든 빠르고
자유롭게, 안전하게 이동시켜줬다. 위치와 이동
경로는 연동된 보호자의 스마트워치로 실시간
전송됐고 넘어짐, 충돌처럼 탑승 중 발생하는

사고뿐 아니라 혈압, 혈당, 체온, 심박 같은 신체 변화에 대해서도 정보와 알림 서비스를 제공했다.

무버는 잘 팔리는 상품을 넘어 사회현상이 됐고, 인공지능에 대한 사회적 인식과 기준까지 바꿨다. 누군가의 단언처럼 무버에서 혁신적인 건 기술들의 집약과 조화가 아니었다. 인류가 지금껏 받아본 적 없는, 종합적이고 총체적인 교육이자 보살핌을 인간이 아닌 인공지능에게서 받게 됐다는 것이 놀랍고 전례 없는 혁신인 것이었다. 무버는 인공지능이 주체, 인간이 객체가 된 최초의 상품일 뿐 아니라 최초의 스마트폰처럼 새로운 시대를 연 사회적, 역사적 전환점이었다.

재호도 이견은 없었다. 본인부터 최고 사양으로 무버를 산 구매자였고 아들은 종종 내려오기 싫어할 만큼 무버를 애용했다. 힘든 육아와 교육 걱정에서 벗어난 아내의 만족도는 말할 것도 없었다. 하지만 그 때문에 사람들이 슈마허에 시큰둥한 것에는 마음이 좀 상했다. 20대 후반부터 40대 초반까지 10년 넘게, 젊은 날을 모두 갈아 넣어 개발한 슈마허였다. 슈마허에 매달린 시간이 아내와 결혼하고 아들을 낳아 키운 시간보다 더 길었다. 아마 아내 같은 사람을 만나지 못했다면 지금도 슈마허나 개발하면서 혼자 살았을 거라고 재호는 종종 말했다. 각자에게 하나씩 있을, 자기 젊음을 용광로에 녹여 한 숨 한 숨 불어 만들어낸 맑고 얇은 유리병 같은 것, 그게 재호에겐 슈마허였다.

반면 회사 대표이자 재호와 함께 회사를 세운 세희에게는 지금 이 상황이 감사 기도라도 올리고 싶을 만큼 다행스러웠다. 슈마허가 대체할 수많은 일자리, 이후에 시작될 광범위하고 중장기적인 변화를 생각하면 이처럼 무난하고 조용한 시장 진입은 기적이나 다름없었다.

세희는 신속하고 거침없이 일을 진행시켰다. 기술 공개와 동시에 회사를 미국 증시에 상장시켰고 거기서 확보한 자금을 통해 국내 최대 전기차 생산 회사를 인수 합병했다. 정식 제품은 인수 합병을 발표한 지 반년도 채 되지 않아 출시해냈다. 합병 전부터 물밑에서 작업을 진행시켜놓은 덕분이었다. 판매가는 파격적으로 낮게 책정했고 자율주행 개념이 등장한 이후 내내 논란거리였던 자율주행 중 발생 사고에 대해서도 회사가 전액 보상하겠다고 발표했다. 시장을 선점하고 점유율을 빠르게 올리기 위한 승부수였다. 정부에서도 힘을 보탰다. 출시와 거의 동시에 완전자율주행 자동차에 대한 전폭적인 보조금 지원 정책이 발표됐다. 세계 최초 기술 산업의 빠른 안착과 활성화를 위해서였다. 업계와 주식시장에서는 당연히 슈마허의 판매량이 치솟을 것이라고 예상했다. 사고율도 저렇게 공언할 정도니 매우 낮을 것이라고 봤다. 하지만 슈마허의 판매량은 잠깐 반짝하는 것 같더니 금세 지지부진해졌고 사고율은 회사가 발표한 예상치를 훨씬 웃돌았다. 회사의 재무 상황도 빠르게 나빠졌다.

표면적인 원인은 슈마허를 노리고 벌어지는 사고들이었다. 슈마허의 주행 성능을 시험하듯 위협 운전하는, 이를테면 옆이나 뒤에서 바짝 붙거나 앞에서 급정거하는 차들이 있었다. 정속 주행하거나 초보 운전자의 차를 보면 시비를 거는 차들이 있는 것과 마찬가지였다. 고의로 사고를 내거나 주차 중이던 슈마허를 파손하는 사람들도 있었다. 대부분 슈마허의 일자리 대체에 반감을 느끼거나 실제로 일을 잃은 것에 대한 분풀이였다. 일부러 슈마허의 사고와 과실을 유도하는 차량, 사람들도 점점 늘고 있었다. 브랜드 이미지 때문에 합의와 보상에 관대할 수밖에 없는 회사의 전액 보상 제도를 악용하려는 것이었다. 하지만 실질적인 원인은 거의 알려지지 않은 사고들이었다.

　최초의 사고는 도로에 뛰어든 길고양이를 피하려다 전봇대를 처박은 것이었다. 너무 어처구니없는 사고라 슈마허나 제어 체계에 일시적인 문제가 있었던 게 아닌가 했지만, 아니었다. 슈마허도 제어 체계도 모두 정상이었고 사고는 통상적인 사고 회피 기동 중 일어난 것이었다. 원인은 슈마허의 알고리듬에 있었다. 슈마허는 사고 위험 감지 시 모든 자원과 능력을 사고 회피에 투입했다. 사고 대상에 대해 어떤 구분이나 판단도 하지 않았다. 덕분에 인간이라면

도저히 할 수 없는 기동으로 사고를 모면할
수 있었다. 하지만 역시나 인간이라면 당연히
할 계산도 하지 못했다. 길고양이를 차 밑으로
집어넣거나 차라리 받아버리는 행동을 슈마허는
할 수 없었다. 인공지능은 결정을 대리할
뿐이니까.

　슈마허를 노리는 사고들은 어쨌거나 슈마허의
잘못이 아니었고 슈마허의 점유율이 높아지면
상당 부분 자연히 해결될 것들이었다. 하지만
길고양이 대신 전봇대를 처박는 사고는 슈마허의
근본적 결함에서 비롯한 것이었고 더 많이
팔릴수록 더 빈번히, 심각하게 일어날 수밖에
없었다. 이 일이 공론화되면 슈마허뿐 아니라
회사 전체에 문제가 될 수 있었다. 판매량이
곤두박질치는 건 물론이고 정부에서 안전을
이유로 판매 제한이나 금지 조치를 취할지도
몰랐다.

　세희는 가용 가능한 모든 수단을 동원해
해당 사고들을 은폐하거나 다른 데로 원인을
돌렸다. 막대한 현금이 사고 무마를 위한 비용으로

빠져나갔고 회사의 현금 보유고는 빠르게 바닥을 드러냈다. 낮은 판매가와 인수 합병으로 발생한 부채 때문에 애초에 회사의 현금 흐름은 좋은 편이 아니었다. 회사는 서둘러 대책을 마련해야 했다.

수석 개발자이자 회사의 최고기술책임자인 재호는 사무실 야전침대에서 쪽잠을 자가며 방법을 찾았다. 문제가 된 사고뿐 아니라 일어난 모든 사고, 이전에 학습시켰던 사고들까지 모두 새롭고 다양한 기준을 적용해 검토했다. 중앙 서버로 전송받은 알고리듬 기록들도 전부 내려받아 시뮬레이션 프로그램에 넣어 결과들을 분석했다. 끼니는 비스킷과 커피로 때웠고 화장실 갈 때와 씻을 때만 제외하면 온종일 사무실에 틀어박혀 있었다. 유폐나 다름없었지만 재호에겐 익숙한, 슈마허가 벽에 부딪칠 때마다 해온 방식이었다. 하지만 두 달 가까이 집에도 가지 않고 감금 같은 생활을 하며 얻은 결론은, 해결책이 없다는 것이었다. 어떤 답도 없다는 것이 지금 상황에 대한 답이었고 그건 어처구니없는 사고들이 일종의 비용이기 때문이었다. 슈마허에게 그렇게 길고양이를 피하는 것까지도 사고라는 걸 인지시키기 위해 지불해야 하는 비용.

슈마허는 본질적으로 바둑 인공지능과 똑같았다. 아무리 인간보다 바둑을 잘 두더라도 인공지능은 바둑이 뭔지, 바둑에 어떤 의미와 가치가 있는지 몰랐다. 그런 게 중요한 건 인공지능이 아니라 인간일 뿐이니까, 그걸 몰라도 바둑을 잘 두는 건 얼마든지 가능하니까. 바둑 인공지능은 바둑에 대한 정의나 철학이 아니라 수많은 성공과 실패의 기록, 기보들을 필요로 할 뿐이었다. 슈마허도 마찬가지였다. 사고가 사고라는 걸 인식시키기 위해 수많은 결괏값, 데이터를 필요로 했다. 다만 바둑 인공지능과 다른 건 슈마허에게 필요한 결괏값이 추상적인 수치가 아니라는 것이었다. 사람이나 재물의 손실이 따랐다. 이전까지 학습시켰던 과거의 교통사고 기록이나 실험, 시험 결과에서는 부각되지 않았지만 이제부터 필요한, 실제 도로에서 슈마허라는 인공지능의 개입과 능력으로, 그

가능성과 한계로 발생하는 사고의 결괏값에서는 명백했다. 슈마허 때문에 사람들이 다치고 어쩌면 죽을 수도 있었다. 재호 본인처럼 가족이 있는 사람들이, 누군가의 아버지와 어머니, 아들과 딸이.

재호는 어쩔 수 없다고 생각했다. 미친 기술자라서가 아니었다. 아무리 운전을 잘하는 사람도 그렇게 되기까지 시행착오를 거치기 마련이었다. 슈마허가 충분한 데이터를 학습해 기술적 완성도가 높아지면 발생하는 효용 역시 한두 사람이 운전을 잘하게 되는 것과는 비교도 할 수 없었다. 이를테면 차가 필요하지만 운전은 할 수 없는 수많은 장애인, 노인과 아이들에게도 선택지가 생기는 것이었다. 끔찍하지만 실은 사람이냐, 인공지능이냐는 주체만 다를 뿐 도처에서 일어나는 일이고, 인간이 뭔가를 배우고 개선해나가는 과정에서 필연적으로 발생하는 일이었다. 이걸 받아들일 수 없다면 애초에 시작도 해서는 안 되는 것은 물론, 외과 수술이나 소방용 인공지능 같은 것도 만들 생각을 하지 말아야

했다. 하지만 세희에게는 터무니없는 소리일
뿐이었다.

　　그래서 지금 무슨 말이 하고 싶은 거야?
세희는 뉴턴과 아인슈타인 같은 유명한
과학자들의 값비싼 초판본들이 꽂힌 사무실
책장에 기대서서 물었다. 이대로 내버려두자고?
슈마허가 사람들을 치고 말도 안 되는 사고를
내고 다니게? 사람들이 기어이 우리 차를
길고양이와 전봇대도 구분 못 하는, 달리는
흉기라고 떠들어댈 때까지? 세희는 상황을
그렇게나 모르냐는 듯 재호를 쳐다봤다. 우리 지금
간당간당해, 조금만 삐끗하면 다 공중분해야. 10년
넘게 해온 게, 이제서야 겨우 결실다운 결실이
보이는데 이게 다 물거품이 된다고. 세희는 뭔가
더 말하려는 듯했지만, 그대로 입을 다물었다.

　　재호는 그 의미를 잘 알고 있었다. 상황이
버겁고 벅찰수록 세희는 '간당간당'처럼 가벼운
단어를 썼고, 힘들고 어려울수록 일일이 얘기하는
대신 입을 다물었다. '나 힘들어, 나 좀 달래고
위로해줘' 같은 말을 하는 사람이 아니었다.

10년 넘게 아무도 믿어주지도 지지해주지도 않았던 일을 같이 해올 수 있었던 건 세희가 그런 사람이기 때문이었다. 재호는 차분히 말했다. 데이터에는 시간이 필요해. 슈마허는 애들이랑 똑같아. 음악이든 축구든 아직 그게 뭔지도 모른 채 순전히 재능으로 해내는 영재들처럼 슈마허에게도 시간이 필요한 거야. 예상하지 못했던 변수들이 쌓이고 쌓여서 충분히 유형화할 수 있으면, 그럼 도로로 뛰어든 길고양이 정도는 얼마든지 무사하게 살려낼 거라고.

　세희도 모르지 않았다. 내 말은, 그래서 그때까지 얼마나 많은 사람이 전봇대에나 처박혀가면서 다쳐야 하냐는 거야. 고작 길고양이 때문에. 회사는, 우리 직원은? 그 가족들은? 나나 네 걱정을 하는 게 아냐. 우린 솔직히 여기서 손 털고 나가도 그만이야. 하지만 직원들은 일자리를 잃는 거고 그 가족들은 생계를 위협받는 거야. 고객들은 몸이 다치고 차가 망가지는 거고.

　그저 길고양이가 아냐. 반려견일 수도 있어, 사람일 수도 있다고. 중요해. 하지만 그렇게 말하는 재호의 목소리에는 자신감이 없었다.

왜 그런지는 세희가 더 잘 알았다. 하지만 아직 일어나지 않은 일이지. 슈마허가 언제까지 얼마나 개선될지도 아직은 알 수 없는 일이고. 세희는 타이르듯 말했다. 재호, 지금 필요한 건 논쟁이 아냐. 논쟁할 시간도 없어, 우린. 필요한 건 결정이야. 우리한테 투자한 사람들을 바보 멍청이 취급하는 게 아니라 그 사람들한테 우리가 바보 멍청이가 아니라는 걸 증명해 보일 결정.

재호는 갑갑한 한숨을 내쉬었다.

세희는 회사 기밀 클라우드의 아이디와 비밀번호가 적힌 메모지를 건넸다. 재호가 두문불출하며 방법을 찾는 동안 세희가 마련해둔 선택지였다. 대안을 마련해놓는 것, 그게 유능한 경영자가 항상 해야 하는 일이니까.

2

기밀 클라우드에 올라가 있는 건 일종의 가격표였다. 사고 대상들에 대한 가격표. 세희는 재호를 봤다. 이걸로 슈마허에게 가르쳐줘. 전봇대를 받아 탑승자를 다치게 할 바에야 길고양이를 치는 게 훨씬 싸게 먹힌다는 걸. 애들한테 걷어차도 되는 게 있고 안 되는 게 있다는 걸 가르쳐주듯. 세희는 가볍게 고개를 저었다. 아니, 그런 눈으로 볼 거 없어. 이미 다 있는 거, 우리 다 하고 있는 거야. 보험사에는 평가액, 은행에는 신용 점수가 있고, 결혼 정보 회사에도 입사 시험에도 학교 시험에도 다 있잖아. 등급, 석차, 점수. 우리 이마엔 이미 바코드가 찍혀 있어. 리더기만 들이대면 '삑' 하고 얼마짜린지 다 나와. 모른 척하고 아닌 척할 뿐이지.

세희는 쓸쓸히 웃었다. 아무도 길고양이 때문에 다치고 싶어 하지 않아. 비싼 차를 전봇대에 처박아 폐차시키고 싶어 하지도 않고. 차라리 잠깐 기분이 더러워지는 게 낫다고 여기지. 어쩌면 사람들이야말로 이걸 원할지 몰라. 자기 손으로 하기 싫은 걸 인공지능이 대신 해주니까. 재호, 그게 현실에서 돈을 버는 방식이야. 남들이 하기 싫은 걸 대신 해주는 거. 누가 새벽부터 일어나 아궁이에 불 피워 가마솥 밥을 짓고 싶어 해? 누가 무릎 꿇고 끙끙거려가며 거실 바닥을 닦고 싶어 하고? 그런데도 사람들은 가마솥 밥을 먹고 싶어 하고 깨끗한 거실 바닥에 앉고 싶어 해. 그래서 전기밥솥과 로봇 청소기 만드는 회사들이 돈을 버는 거고. 우리가 해야 할 일도 바로 그거야. 돈을 버리는 게 아니라 버는 거. 되지도 않는 사고로 내미는 손들에다 우리 돈을 쥐여주는 게 아니라, 하기 싫어 하는 일들을 대신 해주고 그 손에 들린 돈을 받아 오는 거. 안 그러면 회사는 넘어가. 회사가 넘어가면 슈마허도 넘어가는 거고. 재호, 그걸 원해?

재호는 세희를 봤다. 물론, 가장 원하지 않는 일이었다. 어쩌면 가족 일을 제외하면 일어날 수 있는 가장 끔찍한 일일지 몰랐다. 그래서 누가 시킨 것도 아닌데, 이제 그럴 나이도 아닌데 두 달 가까이 사무실에 틀어박혀 해결책을 찾으려 했던 거니까. 하지만 그 순간 선명했던 건, 이렇게 말할 만큼, 세희가 자기의 가장 약한 부분을 건드릴 만큼 모서리에 내몰려 있다는 감각이었다. 그게 아프고 미안했다. 슈마허만큼이나 세희도 재호가 오랫동안 믿고 의지해온 사람이었다. 지금까지 슈마허 개발에만 전념할 수 있었던 건, 세희가 늘 어디선가 필요한 돈을 구해 오면서도 생색 한번 없이 묵묵히 지켜보고 기다려준 덕분이니까. 슈마허가 재호의 자식이라면 세희는 슈마허의 아버지나 다름없었다. 실제로 슈마허라는 이름을 붙여준 사람도 세희였다.

하지만 그런 감정만으로 세희가 건넨 가격표를 슈마허의 알고리듬에 반영시키기로 한 것은 아니었다. 답을 찾을 수 없기 때문에, 자신에게 어떤 대안도 없기 때문에 내린 결정이었다. 머리로는 명확했다. 슈마허를 개선하기 위해선 결괏값이 필요했고 슈마허를 개선할수록 사회 전체가 누리는 효용도 늘어났다. 하지만 그 결괏값이란 실제로 일어나는 사고를, 사람들의 희생을 의미했고 당장 아내가, 아들이 다칠 수도 있다는 뜻이었다. 과연 그럴 만한 가치가 있을까? 슈마허가 그만큼 필요하고 중요한 어떤 것이기나 할까?

슈마허를 공개한 직후에만 해도 답은 당연히 '그렇다'였다. 하지만 지금은 '모르겠다'이다. 출시 후 시큰둥했던 사람들의 반응 때문만은 아니었다. 슈마허를 상대로 사고와 과실을 유도하거나 목숨이 몇 개라도 되는 것처럼 경쟁 운전, 위협 운전을 하는 사람들, 또 주차된 슈마허를 긁고 펑크 내고 그것이 인간성 선언이나 기술에 대한 승리라도 되는 양 사진까지 올려 인증하는 사람들, 나아가 슈마허 구매자를 기술 문명에 굴복한 패배자인 것처럼 놀리고 혐오하는 사람들까지 전부 지켜보면서 재호는 점점 알 수 없는 기분에 사로잡혔다.

문제는 슈마허 아닐까? 슈마허 때문에 굳이 일어나지 않을 일이 일어나고 있는 건 아닐까? 물론 그 사람들이 한 짓은 테러나 다름없었다. 그런 짓을 하는 사람들 역시 전기밥솥에 지은 밥을 먹고 열탕 소독까지 해주는 로봇 청소기를 갖고 싶어 할 터였다. 하지만 그런 사람이 한둘이 아니었다. 그중에는 슈마허 때문에 본인이나 가족이 일을 잃고 생계가 막막해진, 나름의 사연이

있는 사람들도 있었다. 기술에 대해서라면 인간은
누구나 이중적이었다. 좋을 땐 좋지만 싫을 땐
싫은. 재호 자신조차 거의 두 달 만에 집에 돌아와
보게 된 모습에서 별반 다르지 않은 감정을
느꼈다.

　　아들이 화장실 갈 때를 제외하면 무버에서
내려올 생각을 안 했다. 아내가 타이르기도 하고
달래보기도 하고 예쁜 운동화를 사 와 꼬셔보기도
하고 심지어 계속 거기에 앉아 있다간 키도
안 크고 다리도 가늘어진다고, 나중에 못 걷게
될지도 모른다고 겁까지 줘봤지만 소용없었다.
아들은 오히려 엄마에게 말했다. 엄마, 걷는
것만큼 인간에게 모욕적인 건 없어. 인간의
역사는 이동 수단 발전의 역사였고, 직립보행은
수많은 관절 질병의 원인이야. 엄마, 이제 인간이
걷는 시대는 갔어. 과거가 됐어. 그러고는 오히려
재호에게 하소연했다. 아빠, 나 엄마 때문에 너무
고통스러워. 엄마가 자꾸 강요해. 내 자유와
권리를 제한하려고 해. 겁박까지 하면서. 이건
옳지 않아. 아빠, 자녀에게 이러면 안 되는 거야.

정서적 학대나 마찬가지라고.

재호는 말문이 막혔다. 어이가 없어서이기도 했지만 무슨 말을 어디에서 어떻게 시작해야 할지 알 수 없어서였다. 아들은 고작 여덟 살이었고 지금 하고 있는 말들은 다 아리스토텔레스에게서 들은 말, 단어 하나하나에 어떤 색과 무게가 있는지 모르고 하는 말이었다. 재호는 아내를 쳐다봤다. 아내는 기가 막힌 얼굴도, 화가 난 얼굴도 아니었다. 상처 입은 사람처럼, 마음이 다 해어진 사람처럼 아들을 보고 있을 뿐이었다. 아내는 재호를 쳐다보지 않았다. 어떻게 해보라는 눈짓도, 자기가 두 달 동안 얼마나 시달렸을지 알겠냐는 표정도 없었다. 고개를 떨궜다. 슬픈 사람처럼 소리 내지 않고 안방으로 들어갔다.

재호는 다정하거나 세심한 사람이 아니었다. 하지만 그때는 아내의 속을 들여다보듯 짐작할 수 있었다. 재호는 방으로 갔다. 울음소리는 침대도 화장실도 아닌 옷장 속에서 들려왔다. 재호가 옷장 문을 열자 아내는 소녀처럼 자그맣게 몸을 웅크린 채 울고 있었다. 재호는 옷장 안으로 몸을 집어넣고 아내를 안아줬다. 모르겠어, 어떡해야 할지 모르겠어. 아내는 같은 말을 반복했다. 목 놓아 울지도 못한 채.

연예인들도 소셜미디어에 자랑할 만큼 품귀인 무버를 빨리 좀 구해 와보라고 종용했던 사람이 아내였다. 재호는 남한테 아쉬운 소리 하는 걸 질색했다. 하지만 내내 그런 적 한번 없던 아내였고, 다른 사람도 아닌 아들 일이었다. 재호는 세희를 통해 알음알음 알게 된 사람들에게까지 일일이 연락하고 부탁해 어렵사리, 제조사의 한국 법인장도 반년은 기다려야 한다는 무버를 최고 사양으로 구해 왔다. 그때만 해도 아들은 별 관심을 보이지 않았다. 데면데면했다. 이따금 일 때문에 재호가 몇 주 만에 한 번씩 집에 왔을 때처럼. 아내는 그런 아들을 억지로 시간을 정해 무버에 앉도록 시켰고 아들이 거기에서 뭔가를 보거나 대화하고 있으면 칭찬을 아끼지 않았다. 그래서 아내는 모르겠다고, 어떡해야 할지 모르겠다고 할 수밖에 없었다. 이럴 의도가 아니었는데도 이렇게 됐으니까, 그럼에도 틀림없이 전부 다 자기가 벌인 일이었으니까.

재호는 어느 때보다, 누구보다 온전히
아내를 이해할 수 있었다. 자기가 길고양이 대신
전봇대나 처박으라고 슈마허를 개발한 게 아니듯
아내도 이렇게 될 줄 알고 무버를 사 오라고
한 게 아니었다. 슈마허에 어떤 잘못이 있는 게
아니듯 무버에도 아무 잘못이 없었다. 둘 다 그냥
그렇게 만들어진 물건, 쓰는 사람 손에 달린 한낱
물건일 뿐이었다. 그러니 아내의 모르겠는 마음,
다 자기 탓인 것만 같은 마음은 기실 무버에
대해서나 무버를 사 오라고 시킨 것에 대해서가
아닐지도 몰랐다. 자기 자신에 대한 것, 아들이
무버에 집착할 수밖에 없도록 만든 엄마로서
느끼는 자책 아닐까. 그래서 안방으로 걸어가던
모습이 슬프고 쓸쓸해 보였던 게 아닐까. 재호는
마음이 아팠다. 그런 자책은 지금껏 슈마허에
매달리느라 늘 집을 비워온 자신부터 해야 할
것이었으니까. 이런 마음조차 재호 자신은 뒤늦게
실감할 만큼 이미 아내는 많은 걸 혼자, 묵묵히
감당해오고 있었으니까. 게다가 늘 먼저였던,

어쩌면 첫 자식처럼 여겨왔던 슈마허는 그래봤자 슈마허였다. 굳이 만들 필요가 없는 걸 만든 게 아닐까, 하고 생각할 수 있는 것이었다. 하지만 아들은 그런 생각조차 할 수 있는 대상이 아니었다.

아내를 달래고 재호는 거실로 나왔다. 아들은 무버의 태블릿 컴퓨터로 영상을 보고 있었다. 재호는 무버 옆 소파에 앉았다. 엄마가 울었다고, 많이 울었다고 말을 할까 하다가 그만뒀다. 아들을 감정적으로 압박하는 것 말고 무슨 도움이 될까 싶었고, 한편으로 아들도 생각이 많아 보였다. 골똘한 표정으로 영상에 눈을 두고 있을 뿐 집중하고 있지는 않았다. 심란해진 재호는 거실 창으로 고개를 돌렸다. 아들이 물었다.

아빠, 인간은 왜 걸어야 해?

재호는 아들을 봤다.

아들은 태블릿 컴퓨터에서 눈을 떼지 않은 채 재호의 답을 기다리고만 있었다.

재호는 곰곰이 생각해봤다. 하지만 마땅한 답이 떠오르지 않았다. 그러게, 인간은 왜 굳이

걸어야 할까. 오래전 자기가 했던 질문과도
비슷했다. 인간은 왜 굳이 운전을 해야 할까?
그 질문이 시작이었고 그걸 지금까지 밀어붙인
결과가 슈마허였다. 사실 자신은 누구보다
아들에게 이렇게 말해줘야 할 사람인지도 몰랐다.
굳이 힘들게 걷지 말라고, 한여름에 땀 뻘뻘
흘리고 추운 겨울에 덜덜 떨어가며 굳이 걸어야
할 이유 같은 건 없기 때문에 아빠 같은 사람들이
슈마허도 만들고 무버도 만드는 거라고. 하지만
그런 말은 도저히 나오질 않았다. 차라리 당장
무버를 패대기쳐 밟고 뭉개고 아작 내서 고철
덩어리로 만들어버리라고 한다면 얼마든지 할
테지만.

다음 날 재호는 출근해 종일 슈마허에게
가격표를 학습시켰다. 별생각 없었다. 학습
진도 그래프가 올라가는 걸 멍하니 보며 시킨
일만 하는 회사원처럼 그냥, 했다. 신기했다.
슈마허에 대해서라면 한 번도 그렇게 일했던
적이 없었으니까. 그래프는 로그함수를 그리며
순조롭게 올라갔다. 슈마허는 정확히 그 대칭의

속도와 폭으로 멍청해지며 단순한 기계가
되어갔다. 이제 슈마허는 마지막 순간까지 사고
회피를 위해 최선의 선택을 찾지 않는다. 가격표에
나와 있는 대로 피해와 손실을 최소화하는 선택만
하는 것이다. 정해져 있는 대로 백 번, 천 번, 만 번
똑같이 반복하는, 그야말로 기계. 하지만 모두가
행복해질 것이다. 세희도, 직원들도, 직원의
가족들도, 또 어처구니없는 사고를 당할 필요가
없어진 슈마허 구매자들도. 세희 말대로, 모두
이런 걸 원하니까. 재호 역시 이제 얼마쯤 그런
마음이었다. 무버에 들러붙어 있다시피 한 아들을
보니 차라리 슈마허가 이렇게 불완전해지는
게, 의존할 수 없게 되는 게 다행이다 싶었다.
사람들이 자기 손으로 하기 싫은 걸 대신 해주는
기계 정도면 충분한 것이고 결국 이렇게 될
수밖에 없었다는 생각마저 들었다. 문득, 재호는
한 시기가 지났다는 걸 실감했다. 슈마허만을 위해
달려왔던, 피곤하고 성가시고 위험한 운전에서
사람들을 해방시켜줄 구원자라도 개발하고
있다고 생각했던, 어리석지만 젊었던 자신의

한때가.

업데이트를 배포한 날 저녁, 재호는 세희의 사무실에서 함께 와인을 마셨다. 아주 비싼 와인이었고 세희는 업데이트 축하주라고 했지만 실은 축하할 일이 하나 더 있었다.

사무실 텔레비전으로 검거 소식이 보도되고 있었다. 슈마허를 대상으로 상습 위협 운전과 손괴 행위를 일삼았던 남자였다. 채널 한 곳만이 아니었다. 세희가 채널을 돌리는 족족 해당 소식을 크게 전하며 심각한 우려를 표하고 있었다. 뉴스가 나오는 내내 세희는 바쁘게 메시지를 주고받거나 짧게 통화를 했다. 소식을 전한 언론사들의 간부나 주요 관계인들과 하는 것이었다. 뉴스가 끝나고 해야 할 연락도 모두 마친 뒤에야 세희는 잔을 들어 한 모금 마셨다. 홀가분하고 산뜻한 얼굴로 말했다. 두고 봐, 이제 시작이니까. 줄줄이 다 엮어서 보내버릴 거야. 어떤 판결들을 받는지 봐봐. 아주 표본으로, 박제로 만들어줄 테니까. 저거 완전 정신병이라고. 사회에서 완전히 격리해야 돼, 저런 사람 새끼 아닌 것들은.

재호는 세희의 말이 너무 거친 게 거슬렸지만 남자를 옹호할 마음은 조금도 없었다. 맞장구치듯 세희와 잔을 부딪치고는 크게 한 모금 마셨다. 와인은 근사했다. 과실향 머금은 꽃잎이 입안에서 휘몰아치는 것 같았다.

수고했어. 이제 잘될 일만 남았으니까, 기대해.

그렇게나?

안 그럴 이유가 없잖아? 슈마허한텐 이제 분별이라는 게 생겼고 미친놈들은 저렇게 붙들려 가고. 나도 학습이란 걸 했으니까.

재호는 세희를 봤다.

답은 저거였어. 공무원들이 아니라 저기.

세희는 텔레비전을 가리켰다. 저기로 사람들이 보니까, 카메라랑 마이크를 들이대니까 알아서들 움직이더라고.

재호는 씁쓸히 웃었다. 그런가 싶었다. 하지만 그뿐, 통쾌하거나 이다음이 궁금하지는 않았다. 자신과 별 상관 없는 일, 그냥 회사 일 같았다. 업데이트 배포까지 하고 나니 정말 그랬다. 슈마허가 이전 같지 않다. 분신이나 자식이 아니라 회사의 것, 업무의 일부 같기만 했다. 말로 할 수 없는, 재호 말고는 아무도 모를 허전함을 느꼈지만 그럴 때가 됐다는 생각도 들었다. 무버에 집착 중인, 돌봐야 할 진짜 자식이 있었으니까. 인간은 왜 걸어야 하냐고 묻는, 자신을 꼭 빼닮은 아들이. 재호는 잔을 비우고 새로 채우며 물었다. 그 댁 딸내미는 잘 지내셔?

우리 공주 마마? 세희는 피식 웃고는 와인을 마셨다. 잘 지내시지. 얼마나 잘 지내시는지 땅에 발 한번 디디려고 하질 않으셔.

무버 때문에?

세희는 알겠다는 듯 씩 웃었다. 그 댁 왕자님도 시작하셨구나? 잘 지내시기로.

재호는 웃음도 안 나왔다. 뻐근한 한숨을 내쉬었다.

세희는 핸드폰으로 재호에게 메시지를 보냈다. 소아과 연락처였다. 잘 안되면 거기 데리고 가봐. 내 이름 대면 예약 바로 잡아줄 거야.

상담 치료는 안 그래도 시작했어.

그러니까, 그게 잘 안되면 거기 데리고

가보라고. 가면 성장촉진제 주사 놔줄 거야.
세희는 와인을 마셨다. 뭘 그렇게 놀란 눈이야.
한둘이 아냐, 세상만사 다 그렇듯이 나만 겪고
나만 괴롭고, 그런 건 없어. 아니, 가보니까
알겠더라. 그런 게 없다는 걸. 다들 맛집처럼 줄
서 있고 의사도 무슨 예방접종 해주듯 주사를
놓더라니까? 세희는 체념한 듯 웃었다. 빠르게
늘고 있대. 특히 지능이 높은 아이들일수록.
그러니까 너무 걱정할 필요 없다는 거야. 댁의
왕자님도, 우리 공주 마마도 다 너무 영특하셔서들
그런 거니까.

　　재호는 웃어야 할지 울어야 할지 알 수가
없었다.

　　난 패션잡지까지 보여줬어. 너 그렇게 안 걸어
다니면 이렇게 예쁜 다리 안 된다고. 뭐라는 줄
알아? 치우래, 멍청해 보인다고. 나한테는 얼마나
쌀쌀맞은 줄 알아? 고작 열한 살짜리 애한테
사춘기라도 온 줄 알았다니까. 거기 올라타 있으니
세상 무서운 게 없는 거지. 묻고 싶은 거 다 물어볼
수 있고, 가고 싶은 데 다 갈 수 있으니까. 손 가는 일은 이모님들이 다 해주니 더 그렇고.

재호는 한숨을 내쉬었다. 어떻게 해야 하는 걸까?

뭘 어떻게 해, 그냥 오케이하는 거지. 세희는 와인을 마셨다. 이런 세상이 온 거야. 올 거라고 상상도 못 했지만, 슈마허도 왔잖아? 사람들은 좀 있으면 운전하는 법도 잊어버릴걸? 전화번호 기억하는 법을 잊어버린 것처럼. 운전면허 같은 것도 다 의미 없어질 거고. 난 이제 더는 불평 안 하기로 했어. 솔직히 애 키우는 거 힘들었거든. 유모차부터 시작해서 어딜 가든 태워주고 태워 오고, 놀아줘, 달래줘, 안아줘, 온통 다 해줘야 하는 거 천지에, 똑같은 책, 똑같은 만화영화 저 질릴 때까지 몇 번이나 같이 읽고 보고. 알다시피, 나한테 그럴 시간이 어디 있냐고? 내 어깨에 걸린 입이 몇 갠데? 게다가 그땐 돈도 더럽게 없었잖아. 집이고 뭐고 다 담보 잡혀 회사에 집어넣고 우리, 그랬잖아?

재호는 쓴 얼굴로 와인을 마셨다. 그러니 다 어쩔 수 없는 거다?

어쩔 수 없는 거지. 당장 없는 것 없이 다 누리고 사는 걸 고마워할 줄 모르는 내 새끼부터. 얼마 전에 내가 무버 갖다 버린다고 했더니 뭐랬는 줄 알아? 이젠 무슨 침해 같은 말도 안 하더라고. 엄마, 다 녹음 중이야, 이러는 거 있지?

재호는 미간을 찌푸렸다. 상상하기조차 싫었다.

그래도 어쩔 거냐고. 쥐 팰 거야? 내다 버릴 거야? 아니잖아. 업고 가든 지고 가든 어떻게든 데리고 가야지. 낳았으니까, 내 새끼니까. 세희는 냉소하듯 한숨을 내뱉었다. 사는 게 다 어쩔 수 없는 것투성이야. 회사도, 슈마허도, 세상이 이렇게 빨리 변하는 것도 다. 그래서 더 기술이, 새로운 뭐가 나와야 하는 거고.

그런가, 하듯 재호는 한숨을 내쉬었다. 향긋한 와인향마저 떨떠름했다.

아무리 북극이 녹네, 남극이 녹네 해도 사람들이 에어컨 끄는 거 봤어? 부모들도 차라리 애 데리고 병원 가 줄을 서고 말지 무버를 갖다 버리진 않아. 돈 벌어야지, 일해야지, 한 번뿐인 자기 인생도 살아봐야지, 해야 할 게 얼마나 많은데 24시간 애 옆을 지키고 서 있어? 무버가 있으니까 성장촉진제도 있다고 생각하면 되는 거야. 관점만 조금 달리하면 자식이랑 언성 높일 것도, 혼자 속에 지른 불로 씩씩거릴 것도 없어. 딸, 계속 그러고 있을 거야? 오케이, 그럼 주사 맞아. 개도 해피, 나도 해피, 와이 낫? 뭐가 문제야? 네가 늘 하던 말이잖아. 기술로 생긴 문제는 기술이 풀어준다. 바로 그거야.

재호는 잠시 세희를 물끄러미 봤다. 신기했다. 재호가 그런 말을 자주 했던 건 사실이었다. 하지만 세희는 그때마다 아니라고 했다. 기술로 생긴 문제는 사람이 풀어야 하는 거라고 했고, 재호가 역사적 과정을 들어 하나하나 설명하면 변변한 반박 한번 제대로 못 하면서도 물러서지 않았다. 다 사람의 일, 사람이 하는 일이고, 기술이 아니라 사람 문제라고. 그만큼 시간이 흘렀다는 걸까, 다른 것들이 모두 변했듯 우리도 변했다는 걸까.

재호는 씁쓸한 눈빛으로 와인 잔의 앙상한

스템을 매만졌다. 하지만 곧 씩 웃으며 잔을
들었다. 그 역시 어쩔 수 없는 거니까, 세희 말대로
나만 겪는 게 없는 것처럼 나만 안 겪는 것도 없을
테니까.

3

업데이트를 한 슈마허는 열두 개의 카메라에
잡히는 모든 것을 금액 가치로 환산해 주행
방식을 결정했다. 이를테면 양쪽 차선에 각각
고급 차와 경차가 있다면 예전엔 차종과 무관하게
가장 효율적인 경로로 추월했지만 이제는 다소
비효율적이라도 사고 시 손실이 적은 경차 쪽으로
추월했다.
이전처럼 창의적이고 기발한 기동,
인간이라면 불가능한 예외적 기동은 전혀 볼
수 없어졌다. 항상 위험과 손실 최소화를 위해
가장 이기적인 경로로 주행했으며 인간의 평균적
운전 습관과 판단을 모방하고 재현했다. 재호는
서글펐다. 이제 슈마허는 멋있지도 놀랍지도

않았다. 늘 상상하고 추구했던 것처럼 아름답지도 섬세하지도 않았다. 평범했다. 단순했다. 하지만 그렇기 때문에 사람들은 비로소 슈마허에 환호하고 열광했다. 이전의 슈마허가 얼마나 운전을 잘하는지 보여주듯 차를 모는 레이서 같았다면 지금의 슈마허는 세심하고 안정감 있는 개인 운전기사 같았다. 재호가 이기적이고 관습적이라 생각한 운전 방식도 사람들에게는 친숙하고 신기하다 못해 신통하기까지 한 것일 뿐이었다. 어떻게 인간도 아닌데 이런 것까지 다 아는 걸까. 슈마허가 인간보다 운전을 더 잘한다는 사실도 이제 기꺼이 받아들여졌다. 슈마허가 사람들을 압도하는 것이 아니라 닮아 있는, 친밀한 것이 됐기 때문이었다. 사람들은 슈마허를 좋아하기 시작했다. 조금씩 신뢰했다.

검거됐던 남자는 세희의 말대로 강도 높은 처벌을 받았다. 재판과 판결은 빠르게 진행됐고 모든 과정은 여러 매체에서 심각하고 엄중하게 다뤄졌다. 슈마허에 대한 위협과 각종 경범죄가 급격히 감소했다. 슈마허를 옹호하고 지지하는

여론은 넓고 강력하게 형성됐다. 회사는 홍보
효과를 톡톡히 누렸다. 슈마허의 판매량은
빠르게 상승했고 하락세를 면치 못하던 주가도
반등에 성공하며 상승 곡선을 그리기 시작했다.
하지만 재호는 회사에 점점 더 마음이 뜨기만
했다. 아들의 상담 치료가 별 효과를 보지 못했기
때문이다.

　　상담의는 재호 또래의 진중하고 솔직한
사람이었다. 최근 들어 비슷한 경우를 많이 보는데
자기가 보기에 원인은 부모와 보내는 시간의
양과 질 때문인 것 같다고 했다. 양은 많지만
질적으로는 떨어지는 가정, 또 질적으로는 높지만
양이 너무 부족한 가정 모두 아이들이 무버에
과도하게 의존하고 집착하는 경향을 보인다고.
아이들이 자신의 존재감을 무버에서 확인하고
인정받기 때문이었다. 아리스토텔레스와 하는
지적 대화로, 무버가 보조하고 보완해주는 육체적
능력으로. 재호의 아내가 그럼 어떻게 해야
하느냐고 물었다. 의사는 씁쓸히 웃었다. 솔직히
잘 모르겠다고, 아직 여기에 대해서는 연구도

전무하고 자기도 이런 소견을 갖고 있지만 막상 집에 가면 양에 대해서도 질에 대해서도 자신이 없다고 했다. 게다가 가정마다 어쩔 수 없는 사정과 형편이 있으니 더욱 뭐라고 단언하기 어렵다며 일단은 성장촉진제 주사 요법을 병행해보라고 권했다. 집중적으로 성장하는 시기인 만큼 어쩔 수 없는 선택인 것 같다고. 아내는 단도직입적으로 물었다. 의사도 주사를 맞히고 있는지. 의사는 난감한 듯 잠시 웃다가 슬며시 고개를 끄덕였다.

아들은 기꺼이 맞겠다고 했다. 왜 주사까지 맞아야 하는지, 걷는 것과 걸을 수 있는 인간처럼 보이는 게 뭐가 그렇게 중요한지 납득할 수 없지만 역시나 별로 중요하지도 않은 일로 엄마와 싸우고 싶지도 않다. 아빠를 걱정시키고 싶지도 않고 의미 없고 진부한 얘기만 반복할 뿐인 상담 치료로 시간을 낭비하고 싶지도 않다. 아리스토텔레스로 주사 성분과 효능도 이미 확인했다. 얼마든지 맞겠으니 대신 나와 무버를 그냥 좀 내버려두라고 했다. 반면 아내는 여전히

내켜하지 않았다. 하지만 내키고 자시고 할 문제가
아니었다. 의사 말대로 시기라는 게 있으니까.
결국 아내도 수긍했다.

　며칠 뒤 재호는 아내와 아들을 데리고 세희가
알려준 병원으로 갔다. 세희 말대로였다. 별별
행색과 나이의 부모들이 무버에 태운 아이들을
데리고 난민처럼 늘어선 채 차례를 기다리고
있었다. 그렇게 줄을 설 필요가 없는데, 메신저로
순번을 알려주는데도 다들 마음이 급했다. 말
그대로 '자식 일', 자식을 낳아보기 전까지는 알
수 없는 그 말의 중압감 때문이었다. 아이들은
부모들이 그러거나 말거나 속으로 빨려 들어갈
듯 태블릿 컴퓨터만 보고 있거나 아예 딴 세상인
듯 고글형 컴퓨터를 쓰고 있었다. 하나같이 작고
빼빼 마른 체구들이 눈에 띄었다. 재호는 대체
세상이 어떻게 되는 건가 싶은, 뭔가 아득해지는
기분을 느끼면서도 한편으로는 안도했다. 세희의
말대로 자기만 겪는 게 아니었으니까, 다들 이러고
살고 있구나 싶었으니까. 하지만 아내는 아니었다.
입구에 들어섰을 때부터 참상이라도 본 것 같은

표정이었다. 재호가 예약을 확인하고 대기표를 받아 왔을 때도, 세희 덕분에 덜 기다리는 줄에 서게 돼 얼굴에 웃음기가 돌던 재호와 달리 못마땅한 얼굴이더니 결국 앞에 두 사람밖에 안 남았는데 불쑥 말했다. 가자. 집에 가, 여보.

재호는 갑자기 무슨 말이냐는 듯 쳐다봤다. 아내는 같은 말을 반복할 뿐이었다. 재호는 괜찮다고, 걱정하지 말라고 했다. 하지만 아내는 듣지 않았다.

여기가 싫어, 여기서 이러고 있는 게 싫다고. 내 아들한테 이런 주사를 맞히는 게 싫고 그걸 기다리고 있는 내가 싫어, 끔찍하다고.

재호는 주변의 눈치를 살피며 속삭였다. 싫다고 어쩔 수 있는 문제가 아니잖아. 누가 좋아서 여기에 이러고 있겠어?

내가 싫다고 하잖아! 안 하겠다고 하잖아! 아내는 소리 지르며 다짜고짜 아들이 탄 무버를 뒤로 당겨 돌렸다.

재호는 다급하게 막아서며 무버를 잡았다. 금방 우리 차례야. 여기까지 왔잖아, 지금까지

기다렸잖아. 잠깐이면 돼, 그냥 주사 한번 맞는
거잖아!

아내는 대구 대신 명령했다. 비켜.

재호는 아내를 바라봤지만 결국 물러설
수밖에 없었다.

언쟁은 아무도 없는 병원 지하 주차장에
들어서면서 본격적으로 벌어졌다. 습하고
차가운 공기 속에서 재호는 왜 갑자기 이러는
거냐고 소리쳤고 아내는 내가 싫다는데 왜가
어딨냐고 받아쳤다. 아내는 차 쪽으로 무버를
밀고 갔다. 이렇게 예민하게 굴 문제가 아니지
않냐고, 감정적으로 해결할 문제가 아니라고
재호는 따라가며 말했다. 아내는 듣지 않았다.
재호는 막아섰고 이번에는 무버에 탄 아들을
잡았다. 두꺼운 겨울 패딩 아래로 아들은 떨고
있었다. 눈물이 그렁그렁해서 재호를 보며 고개를
가로저었다. 아빠, 싸우지 마. 엄마랑 싸우지 마.

마음이 아파 재호는 불길처럼 치미는 화를
간신히 삼켰다. 온 힘을 다해 최대한 차분한
목소리로, 아내에게 말했다. 애가 놀랐잖아.

이해하는데 나도 싫은데, 대안이 없잖아. 재호는 간절히 아내를 봤다.

아내는 무버를 돌려세우고는 아들에게 말했다. 걸어.

재호는 황당한 표정으로 아내를 쳐다봤다.

걸어! 아내의 목소리가 지하 주차장 가득히 울렸다.

아들이 고개를 돌려 재호를 쳐다봤다.

그만해, 애가 겁먹었잖아!

채건주, 걸어!

아빠…….

재호는 견딜 수가 없었다. 자기가 너무 나쁜 부모가 된 것 같았고 아들에게 너무 가혹하게 구는 것 같았다. 그동안 아들을 돌보지 못했다는 죄책감이, 고작 슈마허 때문에 아들에게 그랬다는 가책과 후회가 더는 참기 힘들었다. 그만하라고 했잖아!

내 아들이야!

내 아들이기도 해!

아니라고 한 적 없어. 몇 주 몇 달씩 들어오지

않는 당신 원망한 적도 없고. 오히려 더 생각했지. 내 아들이라고, 당신 자식 낳아준 게 아니라 내 아들, 내 자식을 낳은 거라고. 그래야 버틸 수 있었으니까.

재호는 아무 말도 할 수 없었다. 치미는 말은 물론 있었다. 지금 비난하는 거냐고, 아빠 자격 없단 소리를 하는 거냐고. 놀고 온 게 아니라 일을 하지 않았냐고, 돈을 벌어 오지 않았냐고. 하지만 아내는 그런 쩨쩨한 얘기를 하는 게 아니었다. 그 말대로 아내는 몇 주 몇 달 만에 재호가 들어와도 원망하는 기색을 보이거나 눈치를 준 적이 없었다. 아들을 낳은 직후, 지금 같은 생활은 꿈도 꿀 수 없을 만큼 회사 형편이 어려울 때부터 그랬다. 단단한 사람이었다. 내 아들, 내 자식이라는 생각으로 버텨왔다는 아내의 말도 무슨 뜻인지 재호는 아주 잘 알고 있었다. 재호 역시 슈마허를 자식이나 다름없이 여겼기에 누가 시키지 않아도 가족들까지 뒷전으로 미루고 개발에 매달려왔던 거니까. 재호는 아내에게서 고개를 돌려 아들을 봤다. 미안하지만 어쩔 수 없다고, 지금은 엄마

말대로 해야 할 것 같다고 눈빛과 표정으로 말했다.

하지만 아들은 아빠를 보고 있지 않았다. 애초에 별 기대도 하지 않았으니까. 보고 싶고 필요할 때는 늘 회사에 있던 사람이니까.

일어나. 걸어, 채건주. 아내가 낮지만 단호한 목소리로 말했다.

건주는 무버의 팔걸이를 움켜쥘 뿐이었다.

아내가 다가갔다. 팔걸이를 붙든 건주 손을 잡고 말했다. 계속 이렇게 있을 거야? 아까 병원에 있는 친구들 못 봤어? 못 걷는 거야. 채건주, 안 걷는 게 아니라 못 걷는 거라고. 다리만 어떻게 되는 게 아니라 온몸이 빼빼 말라서 나중엔 제대로 앉아 있지도 못할 수 있어!

건주의 얼굴이 두려움과 혼란으로 일그러졌다. 얼굴이 붉어지고 눈물이 고이더니 울음을 터트리며 소리 질렀다. 그래서 주사 맞겠다고 했잖아. 주사 놔달라고, 주사 놔줘! 빨리 나 주사 맞게 해달라고! 아들은 지하 주차장이 떠나가도록 울어댔다.

재호는 털썩 주저앉았다. 정신이 나갈 것
같았다.

아내는 우두커니 서 있었다. 아무 말 없이,
감정도 없이 건주를 보고 있었다.

4

우느라 기진맥진한 아들을 재호는 안아
올렸다. 체구가 작고 마른 편이긴 했지만,
생각보다도 훨씬 가벼워 놀랐다. 아들을 뒷좌석에
눕힌 재호는 혼자 멀뚱히 선 무버를 봤다. 당장
내동댕이쳐 박살 내버리고 싶었다. 하지만 아내가
무버를 들며 말했다. 트렁크 열어.

부숴버리고 싶지 않아?

마음 같아선 울산바위 같은 데서 집어
던져버리고 싶지. 아내는 트렁크 쪽으로 다시 한번
눈짓했다.

재호는 스마트키 버튼을 눌렀다. 열리는
트렁크 문을 보며 푸 한숨을 내쉬었다.

차는 슈마허가 운전했다. 아내는 생각에 잠긴

얼굴이었고 뒷좌석의 아들은 잠들어 있었다.
창밖에는 이파리 하나 없는 겨울 가로수들이
비에 젖고 있었다. 차 안은 괴괴했다. 누가 무슨
말이라도 해줬으면 싶을 만큼. 하지만 재호
자신부터 아무 말도 하고 싶지 않았다. 무슨 말을
해야 할지도 알 수 없었고. 문득, 운전이 하고
싶었다. 지금껏 한 번도 느껴본 적 없는 욕구였다.
어떤 사람들이 아무 이유 없이 운전을 좋아하듯
재호는 모든 이유를 들어 운전을 싫어했다.
그런데 지금은 운전이 하고 싶었다. 아무 말 없이
운전만 해서, 이대로 식구들을 데리고 어디 멀리
가고 싶었다. 혼자는 싫으니까. 힘들지만, 그래도
혼자는 싫었다. 개발실에선, 여덟 개짜리 모니터
앞에선 늘 혼자여야 했으니까.

차라리 운전이라도 했으면 싶지?

재호는 아내를 봤다.

아내는 빗방울 떨어지는 창에 눈을 두고
말했다. 아, 운전하고 싶다. 어디 먼 데까지 혼자
운전해서 가고 싶다.

재호는 피식 웃었다. 난 그래도 혼자는 싫은데.

아내도 따라 웃었다.

나 원망 안 해? 재호는 아내를 보지 않은 채 물었다.

차 지붕을 두드리는 빗소리가 들렸다. 그래도 돼?

문득 뭐라 할 수 없이 뭉클했다. 당연히 하고 있을 거라고 생각했으니까. 아니면 그런 거 해봤자 소용없잖아, 같은 말이나 들을 거라 생각했으니까. 재호는 가만히 한숨을 내쉬며 아내를 봤다.

내 원망은 안 해? 아내가 빗물을 밀어내는 와이퍼를 보며 말했다.

무슨?

내가 무버 사 오라고 노래를 불렀잖아. 온종일 집에 있으면서 애 보는데도, 의사가 그랬잖아. 애착 형성이 제대로 안 돼서 무버에 집착하는 거라고.

재호는 후 한숨을 내쉬었다. 그런 생각은 해본 적도 없었다. 할 이유도 없었고 자기를 원망할 거란 생각 때문에 여력도 없었다. 한숨은 오로지 그동안 아내가 얼마나 힘들었을지, 압박과 자책에

시달렸을지 그게 자기 속인 것처럼 들여다보여서
나온 것이었다. 슈마허가 길고양이 대신 전봇대나
처박는다는 보고를 받고 나서부터 자기도
똑같았으니까. 모두 위로하고 배려해주지만 실은
자신을 원망하고 있지 않을지 두렵고 미안했다.
회사 사람들 모두에게, 특히 자신을 지지하고
믿어줬던 세희에게. 소심하고 내향적이어서가
아니었다. 누가 시켜서 한 게 아니라 자신이
원해서 한 것이고 최선을 다한 것이기 때문이었다.
그 결과가 고스란히 자기 자신을 내보이는 것일
수밖에 없기 때문에. 재호는 아내의 손을 감싸
쥐고 아니라고 말해주듯 고개를 저었다. 원망할
것도, 잘못한 것도 없었으니까. 아내는 다만
책임감을 느끼는 것뿐이니까. 할 수 있는 전부를
했기 때문에 잘못하지 않은 것까지도 다 자기
잘못인 것처럼 느낄 뿐이니까.

　아내는 손을 맞잡았다. 그렇게 잡아주는 손이
있음을 확인하듯, 또 뭔가를 스스로 다짐하듯 꾹
눌러 잡았다.

　그게 재호에게도 위안이 됐다. 하지만 문제는

여전했다. 재호는 한숨을 지으며 혼잣말처럼
말했다. 이제 어떡해야 하는 걸까.

해야지, 해야 하는 걸 해야지.

뭐를 해야 하는 건지 모르겠어. 잘 모르겠어.
슈마허처럼 시뮬레이션이라도 돌릴 수 있으면
좋을 텐데. 이렇게 하면 어떻게 되고 저렇게 하면
또 어떻게 되고, 그거라도 알 수 있으면 좋을 텐데.

아내는 피식 웃었다. 그런 것도 좀 만들어봐.
부모들이라면 다 환장하며 사고 싶어 할 거야.
나부터 제일 먼저.

재호도 잡은 손을 가볍게 쥐며 웃었다.

하지만, 결국엔 중고 게시판에 올리겠지.
아내는 다시 웃었다. 걔가 이렇게 하면 된다
저렇게 하면 된다 다 알려줘도 결국엔 각자 내
마음대로, 내 자식으로 키울 거니까. 부모들이
이거 해라 저거 해라 해도 결국엔 다 자기 살고
싶은 대로 살듯. 당장 지금도 그렇잖아. 병원에서,
나부터 그러고 나왔잖아.

재호는 쓸쓸히 웃었다. 더는 화가 나지 않았다.
어쩔 수 없다는 생각만 들었다. 엎질러진 물이기도

했고 아들이 너무 가벼워서, 그 느낌이 너무 이상해서 그런 주사 같은 걸로는 해결이 안 될 거고 그래서도 안 된다는 생각이 재호도 들었다. 전혀 논리적이거나 합리적이지 않은, 직감이나 직관에 가까웠지만.

아까 건주 우는 거 보면서 생각했어. 상관없다고, 다 상관없다고.

뭐가?

내가 잘못했든, 건주가 잘못했든, 또 당신이 잘못했든 누가 언제 뭘 얼마나 잘못했든 다 상관없다고. 아내는 재호를 봤다. 아닌 건 그냥 아닌 거야. 아니어야 하기 때문에 아닌 거고 누가 먼저 뭘 얼마나 잘못했든 그것 때문에 아니라는 것 자체가 달라지지는 않아. 그래서도 안 되고. 가끔은 모든 걸 그냥 그대로 받아들여야 돼. 잘잘못 따위나 따지고 있다간 다 망가지기만 할 테니까. 잘못이란 건 그만 싸우기 위해 이해하고 인정해야 하는 거지, 계속 싸울 이유나 핑계가 아니잖아.

재호는 아내를 봤다. 정신이 나갈 것 같던 그

상황에서 어떻게 아내는 이런 생각을 했을까.

어차피 사는 건 뜻대로 안 돼. 그렇게나 각자 다 자기 마음대로들 살아서 더 뜻대로 안 되는 게 사는 거야. 안 그래? 내가 당신같이 일하는 사람이랑 결혼할 거라고 생각이나 했겠어? 일 그만두고 이렇게 사는 건, 건주 낳은 건? 다 예전엔 상상조차 못 했던 일이야. 늘 그래, 사는 건 계획과 예상을 벗어나. 예전에도 그랬고 앞으로도 그럴 거야. 아내는 재호를 봤다.

그러니까 가르쳐줘야 할 건 기준이야. 뭐가 맞고 뭐가 틀린지, 이유가 어떻든 맞는 건 뭐고 틀린 건 뭔지. 이제 알겠어. 내가 제일 못했던 게 그거라는 걸, 그래서 애가 지금 이렇게 됐다는 걸. 아내는 후회스럽다는 듯 입술을 깨물었다. 그러니 나부터 해야지, 기준을 지켜야지. 아무리 울고 떼쓰고 날 미안하게, 아프게 해도 상관없어. 나쁜 엄마라 해도 괜찮아. 맞는 건 맞고, 틀린 건 틀려. 멀쩡한 두 다리로 태어난 건 고마운 일이야. 선택할 수 있는 것도 아니야. 날개를 갖고 태어나지 못한 게 불행한 일이나 선택의 결과일 수 없는 것처럼. 맞잖아.

재호는 고개를 끄덕였다. 다 맞는 말이었다. 하지만 어떻게 해야 기준을 가르쳐줄 수 있는지 몰랐다. 기준이라는 것도 애매했다. 이렇게 빨리 변해가는데 뭘 기준이라고 해야 할지, 솔직히 그런 게 있기나 하고 어디에서 찾아야 하는 건지 알 수가 없었다. 슈마허 때문에 더 그랬다. 가격표 같은 건 결코 기준이 될 수 없었지만 사람들은 그렇게 생각하지 않았다. 대안이 없다면 차악이라도 선택해야 하는 게 현실이었다. 어쩌면 아들에게 가르쳐줘야 하는 것도 그게 아닐까. 어떤 게 차악인지, 그나마 차악을 고르려면 어떻게 해야 하는지. 그따위 걸 가르쳐주고 싶지는 않다고 생각하면서도.

그날 저녁 아내는 아들에게 무버를 다시 타도록 허락하면서도 병원에서처럼 걸으라고, 일어나 걸으라고 시켰다. 하지만 아들도 요지부동이었다. 아내는 한숨을 내쉬었지만 자기 말대로 선을 지켰다. 무버를 뺏지도 아들을 때리거나 겁주지도 않았다. 대신 예전처럼 달래거나 타이르지도, 부탁하지도 않았다.
내버려뒀다. 다만 내일도 할 거라고, 모레도
할 거고 그다음 날도 할 거라고, 매일매일
건주가 걸을 때까지 엄마는 하루에 30분이든,
한 시간이든 끝까지 할 거라고 말했다. 아들은
대꾸하지 않았다. 저녁밥을 안 먹겠다며
무버에 탄 채 방으로 들어가버렸다. 제 엄마의
가장 약한 부분을 찌른 것이었고 아내는
꽉 쥔 주먹을 부들부들 떨면서도 참아냈다.
이제 시작이었으니까, 이쯤 돼야 시작이랄 수
있었으니까.

　　다음 날 재호는 아들을 학교에 데려다줬다.
생각해보니 어린이집, 유치원을 통틀어
처음이었다. 다행히 아들은 선뜻 따라나섰다.
당연히 재호가 태워주는 게 좋아서는 아니었다. 제
엄마를 자극하기 위해서, 한편으로 지금까지와는
달리 자기에게 맞춰주지 않는 엄마가 낯설어서일
뿐이었다. 재호도 아내와 상의한 대로만 했다.
불편하지 않은지, 배가 고프거나 학교에서 필요한
건 없는지 기본적인 것만 확인하고 따로 말을

시키진 않았다. 언제든 대화할 준비가 돼 있다는 것만 보여주고 아들이 먼저 말을 걸어오길 기다린 것이었다. 아들은 끝까지 아무 말도 하지 않았다. 내리자마자 곧장 학교 쪽으로 향했다. 재호는 불러 세웠다.

아들, 인사는 해야지.

다녀오겠습니다. 아들은 고개를 어정쩡하게 딴 데로 숙이며 건성으로 인사했다.

다녀오세요. 재호는 일부러 커다랗게 배꼽인사를 했다. 씩 웃으며 덧붙였다. 무슨 일 있으면 연락해, 아들. 쾌활하게 손까지 흔들었지만 아들은 아무 호응도 해주지 않았다. 무버를 돌려 교문 쪽으로 갔다. 똑같이 돌돌돌돌 무버를 몰아 등교하는 수많은 아이들 속으로 섞여들었다.

재호는 아들이 보이지 않을 때까지 그 자리에 있었다. 상의한 대로 했지만 심란하기만 했다. 주사도 안 맞히고 이러는 게 맞는 걸까, 인사를 괜히 시킨 건 아니었을까, 자기까지 이러는 게 오히려 아들에게 역효과는 아닐까. 아들이 막 태어났을 때처럼 아무것도 알 수 없는 기분이었다.

아들 일인데, 누구보다 잘 알아야 하고 잘 알고
싶은 일인데도 그랬다. 없었으니까, 몰랐으니까,
그 시간을 오로지 슈마허에 다 쏟아부었으니까.
하지만 오로지 슈마허에 쏟아부었기 때문에,
마냥 일은 아니었기 때문에 아내를 헤아릴 수
있는 것도 이 상황에 반걸음이나마 더 들어갈 수
있는 것도 사실이었다. 그래서 더욱 알 수 없는
기분인지도 몰랐지만.

재호는 다음 날도, 그다음 날도 아들을
학교까지 태워줬다. 분위기는 첫날과 별반 다르지
않았다. 재호는 아내의 말처럼 상관하지 않기로
했다. 아들이 자길 그저 엄마 대용이라고 여겨도,
이렇게 같이 가는 시간을 어색하고 낯설게만
느껴도, 자기보다 아리스토텔레스와 대화하기를
택해도 상관하지 말자고. 어쩌면 적절하다는
생각도 들었다. 우선은 곁에 있는 사람, 아들의
가장 가까이에 있는 사람이 되어야 했으니까.
병원에서 아들이 자길 외면했던 게, 자기가
아들에게 그런 사람이었다는 게 재호는 마음이
아프고 미안했다. 그럴 의도가 아니었다고 말할

수도 없어서 더 그랬다. 슈마허에 진심이었고 슈마허에 모든 걸 쏟아부었던 게 사실이니까. 그게 아무리 아내와 아들을 위해서라고 해도, 아내의 말처럼 맞는 건 맞고 틀린 건 틀리니까. 말은 결국 변명밖에 안 됐다. 행동으로 곁에, 가장 가까이에 있어야 했다. 하지만 며칠 안 돼 재호는 또 아들을 아내에게 맡기고 해도 뜨기 전에 출근해야 했다. 생산 공장이 있는 신도시에서 전국 최초로 슈마허 보급률 50퍼센트를 달성해 기념 행사가 열렸기 때문이다.

꼭두새벽인데도 주요 언론사 기자들이 나와 카메라와 마이크를 설치 중이었다. 세희의 취향으로 젊고 신선하면서도 화려하게 장식한 사옥 중앙 홀로 국회의원, 과기부 장관, 도지사, 시장들이 속속 도착했다. 대통령의 화환이 놓인 단상은 중앙의 투명 엘리베이터 앞에 있었다. 시간이 되자 근사한 정장 차림의 세희가 총총 뛰어 올라가 식의 시작을 알리고 소회와 감사 인사를 전했다. 이어 귀빈들이 축사를 했다. 내용은 뻔하고 지루했지만 재호는 회사의 위상과 성공의 규모를 실감할 수 있었다. 직원들도 마찬가지였다. 준비로 며칠째 밤을 샌 직원들조차 뿌듯하고 자랑스러운 얼굴로 단상을 보며 한 마디 한 마디에 귀를 기울이고 있었다.

쉬는 시간은 파티처럼 활기차고 훈훈한 분위기였다. 음료는 술 대신 커피였다. 바리스타들이 최고급 게이샤 원두로 에스프레소와 드립커피를 내렸고 슈마허나 회사 로고로 무늬를 그린 라테도 만들었다. 한쪽에선 오렌지와 자몽, 사과와 당근, 석류와 배, 사탕수수 등을 짜고 으깨서 만드는 생과일주스가 끊임없이 만들어졌다. 천장 높은 홀 전체에 커피향과 과일향이 가득히 차올랐고 사람들의 웃음과 대화 소리가 기분 좋게 울렸다. 재호는 드립커피 한 잔을 받아 들고는 느긋하게 둘러보며 이것저것 맛보았다. 뽀얀 우유크림을 듬뿍 올리고 라임 제스트를 뿌린 도넛은 달콤하고 폭신했다. 이 겨울 새벽에 어떻게 한 건지 오븐에서 바로 꺼낸 듯 따끈한 크루아상은 파삭하게 바스러졌고 결결이 진한 버터향을 풍기면서 쫄깃하게, 거의 얇은 고기처럼 씹혔다. 모두 세희가 좋아하고 자주 가는 곳의 제품들이었고 그중에서도 세희가 하나하나 직접 고르며 확인한 것들이었다.

재호는 오래전 지금에 비하면 단칸방도 안 되던 회사에서 밤을 새우거나 늦게까지 야근할 때 세희가 같이 먹자며 사 오거나 챙겨 왔던 것들이 생각났다. 지금 먹는 게 당연히 더 비싸고 맛있을 텐데, 이상하게 그때만큼 맛있지는 않았다. 단상 앞에서 사람들과 인사하고 기념 촬영 중인 세희도 어쩐지 좀 낯설었다. 자신이 알던, 자금 때문에 죽을상을 하고 있다가도 맛있는 커피 한 모금이면 온 세상이 다 행복해진 것처럼 눈을 반짝이며 호들갑 떨던 그때의 모습과 잘 겹쳐지질 않았다. 나이 때문은 아니었다. 지금이 그때보다도 서너 살은 더 어려 보일 만큼 머리도 화장도 예쁘고 세련됐으니까. 재호는 피식 웃었다. 문제는 세희가 아니라 자기인지도 몰랐다. 옛날 그 맛이 아냐, 하는 뻔한 불평을 늘어놓는 것부터가 나이를 먹었다는 증거니까.

재호가 그런 생각을 하며 세희를 보고 있는데

마침 눈이 마주쳤다. 세희는 얼른 이쪽으로 오라고 손짓했다. 재호는 질색하며 고개를 흔들었다. 세희는 으이그, 하듯 코를 찡그렸지만 더 부르지는 않았다. 나서기 싫어하고 모르는 사람들 사이에 있는 걸 불편해하는 재호의 성격을 알기 때문이었다. 하지만 세희 옆에 있던 임원 테드가 굳이 사람들을 헤치고 재호에게 다가왔다. 테드는 최근에 입사한 영업과 마케팅 부문의 최고 임원이자 이 행사의 기획자였다. 풍성한 백발에 굵직한 얼룩무늬 뿔테 안경을 낀 귀여운 인상의 노인이었다. 옷차림이 맵시 있었다. 잡지에 나오는 노년의 모델 같았다. 테드는 누구라도 따라 웃고 싶어질 매력적인 미소를 지으며 재호의 어깨를 감쌌다. 와요, 모두 기다리고 있다고요. 세계 최초의 남자를요.

재호는 괜찮다는 듯 손을 들어 보였다. 정말 원치 않았고 '세계 최초의 남자' 같은 말도 거슬렸다. 세계 최초는 슈마허지 자기가 아니었다.

테드는 더 권하진 않았다. 아무 문제 없다는 듯 여전히 만면에 웃음을 띤 채 재호의 어깨를 가볍게 두드렸다. 정말 대단해요. 이게 모두 재호가 개발한 슈마허에서 시작된 거예요. 이 사옥, 수많은 임직원, 새벽부터 이 먼 데까지 온 저 사람들을 봐요. 테드는 세희와 함께 있는 고위 공무원들 쪽을 가볍게 눈짓했다.

재호는 이번에도 묘하게 테드가 거슬렸다. 재호라고 부르는 발음과 억양이 꼭 외국인이 JAE HO라고 하는 것 같았다. 하지만 그런 내색은 할 수가 없어서 오히려 테드를 추켜세웠다. 테드가 행사를 기획한 덕분에 저렇게 높으신 분들까지 온 것 아니겠냐고.

테드는 겸양하지 않았다. 별것 아니라는 듯 가볍게 어깨를 으쓱했을 뿐이고 오히려 한 사람, 한 사람 소속과 직급, 영향력에 대해 설명해줬다.

분명 그렇게 얘기할 만한 대단한 사람들이었고 회사에 중요한 사람들인 것도 사실이었다. 그렇지만 역시나 재호는 테드의 태도가, 사람이 아니라 서재에 진열된 트로피를 설명해주는 듯한 관점과 어조가 마음에 안 들었고 왜 자신에게 굳이 이런 얘기를 하는지도 의아했다.

재호의 일과 하등 상관없는 사람들이었다.
세희에게나 필요할 뿐 재호는 알 필요도 없고,
알고 싶지도 않은 내용이었다. 그걸 테드가,
산전수전 다 겪은 이 노인네가 모를 리 없었다.
하지만 테드는 하던 얘기를 계속하고 있었다.
태연하고 느긋하게, 세상 모든 것이 오케이인
사람처럼 웃음 띤 얼굴로. 그런 모습이 우습게
보일 수 있다는 걸 모르는 것처럼 보였지만,
아니었다. 테드는 기꺼이 우습게 보이기를 바라고
있었다. 테드에게 중요한 건 내용이 아니었으니까.
자기가 그런 표정을 짓고 그렇게 말할 때
상대방이 어떻게 반응하는지가 중요했으니까.
재호도 몇 번 경험이 있었다. 슈마허 개발 초기
때 투자를 받으러 세희와 한창 이 사람 저 사람을
만나고 다닐 때도 비슷한 사람들이 있었다. 자신을
전달하기 위해 말하는 게 아니라 상대방을 떠보기
위해 말하는 사람.

　　재호는 이런 사람을 한 번도 좋아해본 적이
없었다. 낯가림과 낯선 사람들한테서 느끼는
불편함이 심해진 게 이런 사람들 때문이었다.

재호는 자리를 피하고 싶었다. 하지만 마땅한
핑곗거리가 떠오르지 않았다. 직속 팀장인 제프도
세희 쪽에 가 있었고 몇몇 임원들이 눈에 띄긴
했지만 친한 사람은 없었다. 그때 든든한 팔
하나가 재호의 어깨에 척 걸쳐졌다. 재호는 고개를
돌려 누군지 봤다. 웃음이 나왔다. 매튜였다.

회사의 다른 사람들과 달리 매튜는 본명이
매튜였다. 미국 시민권이 있는, 독일계 백인
아버지와 한국인 어머니를 둔 혼혈인이었고
잘생겼지만 이목구비보다 분위기가 더 돋보이는,
그래서 자꾸 더 들여다보게 되는 미남이었다.
재호의 웃음에 매튜도 웃었다. 매튜는 테드를
보면서도 매력적인 웃음과 함께 가볍게 고개를
끄덕였다. 슬쩍 풍기는 고혹적인 와인향과 잘
어울리는, 퇴폐적인 웃음이고 묵례였다.

테드는 역시나 뭐든 다 좋다는 표정이었지만
재호에게 짓던 것과는 달랐다. 매튜는 재호처럼
만만한 사람이 아니었다.

하지만 재호는 그런 쪽으로 둔감했고 그저
매튜가 온 것에 안도할 뿐이었다. 새벽부터 벌써

한잔한 거야?

어제 새벽부터. 매튜는 별일 아닌 듯 답했다.
아, 그리고 매튜는 짐짓 심각한 표정을 짓고는
테드 쪽으로 갔다. 귓속말로 몇 마디 했다.

테드의 얼굴에 웃음기가 가셨다. 하지만
이내 반사적으로 원래의 웃음을 지으며 재호에게
고개를 까딱였다. 지금까지 아주 좋은 대화라도
했다는 듯. 그러고는 서둘러 세희 쪽으로 향했다.

무슨 얘기 했어?

별로 안 중요한 얘기. 매튜는 태연했다.

근데 왜 귓속말로 해?

그래야 중요한 얘기처럼 들릴 거잖아.

재호는 어이가 없어 웃었다.

매튜도 씩 웃었다. 즐겨. 좀 있으면 오늘의
메인 디시, 제일 맛있는 부분이 나올 거니까.

어디 가?

일하러. 매튜는 망설임 없이 손을 흔들고는
자길 기다리고 있는 사람들 쪽으로 갔다. 오로지
난감해하던 재호를 도와주러 왔다는 듯이.

재호는 피식 웃었다. 그럴 수도, 아닐 수도

있었다. 매튜는 굳이 분류하자면 테드처럼 속을 알 수 없는 사람, 자기 속을 보여주지 않는 사람이었다. 하지만 차원이 아예 달랐다. 매튜는 테드처럼 상대방을 떠볼 필요도, 속내를 감출 필요도 없었다. 모두가 매튜에게는 흉금을 털어놓고 싶어 했으니까. 신비로움이 깃든 잘생긴 외모부터 정중한 화법, 유창한 외국어, 다채롭고 세련된 취향, 직접 깎은 목상 같은 걸 선물하는 뜻밖의 면모까지, 이유는 세는 게 부질없을 만큼 많았다. 하지만 낯가림이라면 빠지지 않는 재호가 매튜와 마음을 터놓는 사이가 된 건 그냥 솔직하고 순수한 사람이라고 느꼈기 때문이었다. 다른 사람들은 동의하지 않을지 모르지만 재호는 처음 봤을 때부터 그냥 알았다. 매튜는 진심으로 사람을 대하지만 사람들이 그렇게 받아들이지를 못한다고. 그 외모와 분위기에 이미 반해버리고 마니까. 예쁘고 매력적인 여자들이 늘 그런 것처럼.

매튜의 말대로 기념식의 가장 중요한, 굳이 이 시간에 기념식을 열게 만든 그 식순이 시작됐다. 세희가 단상으로 올라가 이목을 모은 뒤 신호를 보내자 단상 뒤 엘리베이터 라인 높은 곳에 설치된 거대 모니터가 켜졌다. 나머지 삼면의 초대형 모니터들과 기둥들에 설치한 대형 모니터들도 차례로 켜졌고 영상이 나오기 시작했다. 회사의 드론이 신도시 주도로의 현재 상황을 실시간으로 촬영해 전송한 영상이었다.

모두 눈을 떼지 못했다. 빽빽한 아파트 단지를 관통해 공단으로 이어지는 왕복 8차선 도로가 다양한 모델의 슈마허로 가득했다. 등록 비율은 50퍼센트였지만 슈마허의 특성상 출근 시간 운행률은 거의 80퍼센트였다. 하지만 놀랍고 볼수록 기이하기까지 한 건, 슈마허가 아니라 도로였다. 밀리고 막히고 사고 많기로 악명 높은 왕복 8차선 도로에, 차선들이 모두 또렷이 보이고 있었다. 모든 차가 가지런히, 실제 차가 아니라 모형인 것처럼 전후좌우 일정한 간격을 유지한 채 달렸고 속도와 차종에 따라 차로까지 지키고 있었다. 차들은 일제히 신호의 통제를 따라 서거나 달렸다. 긴 줄을 늘어뜨리기 마련인 진입,

진출로도 원활하게 흘렀다. 화면 우측 상단의 상하행 평균 속도는 도저히 말이 안 된다고밖에 할 수 없는, 시속 80킬로미터를 왔다 갔다 하고 있었다. 모두 보면서도 믿기지가 않았다. 실제 영상이 아니라 그래픽으로 모델링한 영상 같았다. 도로를 타고 달리는 차들이 아니라 컨베이어 벨트를 타고 움직이는 제품들이 아닐까 싶을 정도였다. 어떻게 이럴 수가 있을까? 너무나 평화롭고 평안해서 마음이 평온해지기까지 하는 영상이 출근길의 주도로를 찍은 것이라니.

누군가가 힘껏 박수를 쳤다. 이내 홀의 임직원들, 초대받은 귀빈들까지 모두 열렬히 박수를 쳤다. 브라보! 브라보! 영상이 계속 나오고 있었지만 오페라극장의 경이로운 아리아가 끝났을 때처럼 휘파람과 환호성이 사방에서 터져 나왔다. 아침저녁으로 크고 작은 사고가 끊이지 않는 것으로 유명했고 출퇴근 시간이면 차라리 걸어가는 게 빠르다고 주민들이 입 모아 성토하던 도로였다. 홀 옆면의 모니터들에서 그때의 모습이 그대로 송출되고 있었다. 3개월 전, 6개월 전,

1년 전 도로의 영상이 당시 슈마허의 보급률, 사고율 수치와 함께 나왔고 사람들은 헛웃음 쳤다. 놀랍다는 말조차 무색한, 어처구니가 없는 변화였고 지금껏 잘못된 인식을, 편견을 갖고 있었다는 생각마저 하게 했다. 도로란 이렇게 흐를 수 있는 것이었다. 아니 이렇게 흘러야 하는 것이었다. 두 눈으로 보고 있으니 확연히 알 수 있었다. 모든 차가 일사불란하고 질서 정연하게 달렸다. 도로는 완벽하게 안전했고 빈틈없이 효율적이었다. 여기가 바로 도로의 이상향, 운전자라면 한 번씩은 꿈꿔봤을 그 도로 아닐까? 미친놈처럼 칼치기를 하는 차도 없었다. 얌생이처럼 끼어드는 차도 없었다. 크다고 들이대기부터 하는 차도, 비싸다고 제멋대로인 차도 없었고 정신 줄 놓은 것처럼 차선 변경을 하거나 좌회전하는 차도, 눈이 삔 것처럼 유턴하는 차도, 약이라도 빤 것처럼 일방통행로에서 역주행하는 차도 없었다. 너무나 상식적이고 당연한, 오직 규범과 질서의 권능으로 강물처럼 힘차게 흐르는 도로가 지금 저기에, 모니터의 영상 안에 있었다. 모두 매혹당한 듯 쳐다봤고 감격해 눈물을 터트리는 사람도 적지 않았다. 하지만 재호는 아니었다. 자로 재도 저렇게는 못 할 것 같은 간격으로 나란히 달리는 슈마허들이 재호에게는 기괴하고 기만적이기만 했다.

영상이 가짜라거나 연출됐다는 뜻은 아니었다. 재호는 어떻게 저런 광경이 나올 수 있는지 누구보다 잘 알았고, 슈마허로 저런 장면을 만드는 게 최종 목표였기도 했다. 물론 지금의 슈마허가 아니라 이전의 슈마허로. 오랜 시간이, 또 많은 대가와 시행착오가 필요했지만 불가능한 일은 아니었다. 슈마허가 이해한다면, 사고가 어떻게 일어나고 그 사고를 피하거나 예방하기 위해서는 어떤 작동과 기동을 해야 하며, 단지 개별 슈마허의 실행만으로는 불가능하다는 걸, 도로 위의 모든 슈마허가 연계해 각자 최선의 노력으로 서로 보완하고 보조할 때 가능하다는 것까지 모두 총체적, 유기적으로 이해한다면 자연히 실현될 수밖에 없는 광경이었다.

모습은 조금 달랐을 것이다. 도로 위의

슈마허들이 이를테면 축구에서처럼 한 팀을
이룰 것이기 때문에 지금과 달리 입체적이고
자율적으로, 역시나 축구팀의 포메이션처럼 자리
잡을 터였다. 전방의 차들은 뒤차들이 보지 못하는
시야를 확인해 공유하고 중진의 차들은 적절한
간격과 속도를 조절하며 후미의 차들은 전방과
중진의 차들 덕분에 생긴 여유 자원과 능력으로
슈마허들 간의 연결과 조직력을 강화시키고
최종적인 지원을 하는 방식인 것이었다. 각자
자신의 역할이 허용하는 범위 내에서, 그
역할이 요구하는 최선의 결과를 얻어낼 수 있게
재량껏, 자율적으로 움직이면서 축구팀이 매
경기 다른 팀을 상대하듯 슈마허들도 매 순간
다른 도로에 조직적으로 대응하는 원리였다.
도로는 천차만별일 뿐 아니라 시시각각 변했다.
좁아지기도 넓어지기도 갑자기 사고 차량이 생길
수도 눈이 오거나 비가 오거나 또 서로 순서가
바뀌어 오가거나 하는 수많은 변수가 있었다. 그런
곳에서 저렇게 일정한 간격을 지켜 딱딱 맞춰
서는 건 그럴싸해 보이기만 할 뿐 중요하지도

않고 의미도 없었다. 그저 정리 정돈된 것처럼, 대단한 것처럼 보일 뿐이었다. 단지 한 번도 보지 못한, 그리고 누구든 얼핏 그려볼 수 있는 아주 단순한 상상이라는 이유로. 그래서 수없이 많은 시뮬레이션으로 다양한 상황을 상정해보고 그 결과까지 분석해본 재호에겐 대체 저게 뭔가 싶은 거였다. 저건 도로도 아니고 운전도 아니었다. 전체주의 국가에서나 하는 집단체조였고, 그 집단체조를 보여주는 경기장일 뿐이었다.

저런 게 가능해지는 것도 지금의 슈마허가 이전과 달리 이기적인 방식으로, 오직 손실을 최소화하기 위해 달리기 때문이었다. 일정한 간격은 사고가 나더라도 피해를 입지 않을 만큼 예리하게 계산된 거리였다. 행렬이 균일해 보이는 것도 가장 비싼 모델들이 선두에, 중형 모델이 그 뒤에, 가장 저렴한 모델들이 나머지에 나뉘어 몰려 있기 때문이었다. 군집을 이루듯 움직이는 것도 마찬가지였다. 사고 발생의 가능성 자체를 낮출 수 있고 설령 사고가 나더라도 최대한 균일하게 피해를 나눠 가질 수 있기 때문이었다. 하지만 가장 기괴하고 당혹스러운 건 단지 슈마허들만이 그러고 있는 게 아니라는 사실이었다. 도로에는 슈마허를 탑재하지 않은 차들이 있었다. 사람들이 직접 운전하는 전기차, 휘발유차, 경유차들이 한눈에도 적지만 분명히 보였다. 하지만 그 차들 역시 슈마허와 똑같이 간격을 유지하고 서열을 지키며 같은 속도로 달리고 있었다. 그럴 수밖에 없었다. 80퍼센트에 육박하는 슈마허들이 도로를 점령하고 있으니까.

운전자들이 간격과 서열을 벗어나려고 하면 즉시 사방의 슈마허들이 알아서 간격과 서열을 다시 맞춰버렸다. 슈마허의 반응 속도, 조작 능력이 월등했기 때문에 운전자들은 그걸 앞지를 수 없었고 동시에 뒤처질 수도 없었다. 사방에서 슈마허들이 전조등이나 비상등을 깜빡이거나 경적을 울려 경고를 주니까. 무시할 수도 없었다. 그랬다간 슈마허에 위협 운전하는 것처럼 보일 테고 당장 온갖 인터넷 게시판에서 여론 재판부터 벌어질 게 뻔했다. 규정에 조금이라도 어긋나면 고발로 이어지는 건 말할 것도 없었고. 재호는 짐작조차 할 수 없었다. 도대체 저 속에서 있는 사람들은 어떤 마음으로, 생각으로 운전하고 있을까? 여기 있는 사람들처럼 안전하고 편하다고 느낄까? 효율적으로 빠르게 달리는 중이라고 생각할까? 슈마허가 도로를 지배하고 질서를 강제하고 있는데도 오히려 좋아할까? 편리하고 유용하다고 생각할까? 전기밥솥이나 로봇 청소기처럼?

모르겠지만 재호 본인은 확실히 아니었다. 사방이 다 벽 같을 것 같았다. 언제든 자신을 향해 달려들 수 있는, 자길 오렌지 과육처럼 거리낌 없이 짓이길 수 있는 벽. 너무 과민한 걸까? 너무 안 좋게만 생각하는 걸까? 자기가 만들었던 그 슈마허와 다른 게 질투가 나서? 시뮬레이션이나 숱하게 돌려봤을 뿐인 공돌이라 실제 운전이 뭔지 도로가 어떤 곳인지 몰라서?

그럴지도. 그 넓은 홀의 수많은 사람 중에 재호 같은 표정인 사람은 없었으니까. 다들 새 시대의 개막을 목도한다는 설렘과 흥분으로 홀린 듯 화면을 보고 있을 뿐이었다.

5

폭설이 쏟아지는 오후였다. 학원 재단 이사장
한영인은 재단 소속 초등학교에서 걸어 나오는
중이었다. 한바탕 설전을 벌인 뒤였다. 무버
때문이었다.

교실마다 무버를 탄 아이들과 그렇지
못한 아이들이 나뉘어 갈등 중이었다. 몇몇
아이들이 무버가 아니라 왕좌에 앉은 것처럼
군림해 자기들을 부러워하는 아이들을 부려
먹고 괴롭혔다. 하지만 어떤 아이들은 떼 지어
몰려 다니며 무버에 탄 아이들만을 괴롭히거나
자기들 대신 다른 아이들을 괴롭히도록
시키기도 했다. 상황은 간단하지 않았다.
부유한 가정의 아이들만이 무버를 가진 것도
아니었고 못사는 가정의 아이들이라서 무버에
탄 아이들을 괴롭히는 것도 아니었다. 아이들의
성향도 가정환경도, 부모들의 재력과 사회적
계급, 대응 방식도 모두 뒤섞여 있었다. 일선
교사들은 혼란스러웠다. 매번 다른 상황 때문이

아니었다. 그 상황을 정리하고 판단해줄 원칙이
혼란스러웠기 때문이었다. 어떤 상황에서는
가해자의 부모가, 어떤 상황에서는 피해자의
부모가 학교의 학부모 모임이나 봉사 활동,
기부금이나 재단과 연결돼 있었다. 교내 위원회의
책임자들은 매번 거기에 맞춰, 원칙이 아니라 학교
운영에 유리한 쪽으로 판단하고 징계를 내렸다.

사실을 알게 된 영인은 교장, 교감을 비롯한
주임 교사들을 불러 호통쳤다. 왜 원칙을 지키지
않냐고, 매번 상황마다 판단이 다르고 징계가
다르면 교사들은 어떻게 하고 부모와 아이들은
무슨 생각을 하겠냐고. 교장은 오히려 한 수
가르치듯 말했다. 학교도 직장이라고, 그렇게
원칙대로 해서 기부금도 빠지고 기부 물품도
빠지고 봉사 활동, 행사 다 빠지면 학교 운영은
어떻게 하고 운영이 안 되면 교사들은 어떻게
하냐고. 원칙 좋은 거 모르는 사람 없지만 자기
직장을 그 원칙에, 요행에 걸 사람도 없다고.
교장은 이사회의 주요 인사들과 오랜 연줄이
있었고 이전 이사장이던 영인의 남편과는

막역했던 사이였다. 영인에 대해서 무척 감정이 안 좋았다.

영인도 당연히 알았다. 부디 알아먹으라고 모두 있는 자리에서 이러는 거니까. 하지만 영인은 화가 나지 않았다. 별로 중요하지 않은 사람이었고 사실 이제 중요한 사람 같은 건 없었다. 그저 웃으며 말했다. 그 걱정은 재단이 할 테니 공사다망하신 교장 선생님까지 하실 필요 없습니다. 영인은 다른 교사들을 보며 말했다. 현재 논의 중인 건들까지 모두 원칙대로 하세요. 부모가 어떻고 집안이 어떻고 누가 먼저였든, 학칙과 규정을 어긴 것에 대해서는 모두 색출해 합당한 조치를 취하고 징계를 내리세요.

학교가 먼접니까, 원칙이 먼접니까? 교장이 주머니에 손을 깊숙이 찔러 넣은 채 다시 한번 물었다. 재단이 먼접니까, 원칙이 먼접니까?

원칙이 먼접니다. 원칙대로 굴러가지 않는다면 재단 같은 건 없는 편이 나을 겁니다. 원칙을 가르칠 줄 모르는 선생 같은 건 없는 편이 낫듯이요.

이사장님, 말씀이 좀 지나치셨습니다. 회의 내내 점잖고 중립적이던 교감이 말했다.

네, 지나쳤습니다. 하지만 반드시 배워야 할 게 없다면 굳이 배워야 하나요? 반드시 가르쳐야 할 게 없다면 굳이 가르쳐야 하나요? 우리가 가르치는 것도, 아이들이 배워야 하는 것도 원칙입니다. 우리는 아이들이 완전하다고 착각하도록 떠받들어주는 사람들이 아니에요. 아이들이 작고 불완전하다는 당연한 사실을 받아들일 수 있게끔 이끌어줘야 하는 사람들이죠.

주임 교사 하나가 자조적으로 말했다. 아리스토텔레스는 태워주는 시대에 말이죠.

피식피식, 자조 섞인 냉소들이 들려왔다.

영인은 주임 교사를 쳐다봤고 역시나 그저 웃었다. 영인보다 족히 열 살은 어릴 텐데도 방금 한 말만큼이나 늙수그레한 얼굴이었다. 선생님은 아내분께 잘하셔야겠어요. 그렇게 아무짝에도 쓸모없는 말씀만 하시다 아무짝에도 쓸모없어지면 휠체어 밀어줄 사람이 아내분밖에 없을 테니까요. 영인은 잔인하게 웃었다. 그 아내분은 무슨 죄일까, 싶지만요.

얘기가 끝나고 교장실을 나서는 영인을
배웅한 건 교감이었다. 교감은 교사들 반응에 너무
신경 쓰지 말라고 했다. 무버와 아리스토텔레스가
나오고 바닥이라던 교권이 더 떨어질 데가
있었구나, 하는 걸 다들 절감하는 요즘이라고.
말씀을 조금 다듬어서 해달라는 부탁도 했다. 안
그래도 다들 예민한데 아무래도 문제의 소지가 될
수 있고, 이사장 자리가 오랫동안 공석이었으니
적응할 시간도 필요하다고.

중요한 건 얼마나 공석이었는지가 아니에요.
제가 남편 덕에 거저 이사장 자리에 앉았다는
것도, 하루아침에 남편과 아들을 같이 보낸
팔자 사나운 여자라는 것도 아니죠. 지금
재단의 이사장이 저라는 사실이고, 저는 원칙을
얘기할 뿐, 제가 원칙이라고 얘기하지 않았다는
사실입니다.

교감은 무슨 말인가 하려고 했지만 쓴입을
다시다 고개를 끄덕였다. 원래라면 교문까지
배웅해야 했지만 건물 앞에서 인사하고 안으로

들어갔다. 함박눈이 쏟아지고 있는데도 살펴 가란
말도 없이.

　마음이 상한 거였다. 좋게 얘길 해도 듣질
않는다고, 따박따박 자기 말만 하고 오히려
가르치려 들기나 한다고. 교장과 똑같이
생각할지도 몰랐다. 전임 이사장이 재단을
얼마나 애지중지 키워놨는데 수년이나 이사장
자리를 비워놓고는 이제 아주 무책임의 극치를
보여주기까지 한다고. 남편, 아들 한 번에 보내고
나니 사람도 영 맛이 갔다고, 말도 붙이기 싫게
독하고 편협해져서 예전의 그 한영인이 아니라고.
하지만 그렇게까지 생각해봐도 영인은 그런가,
싶었다. 몰랐다. 알 수가 없었다. 남편도 없고
아들도 없으니 이젠 그런 걸 물어볼 사람이
없다는 것만 알 수 있었다. 소리 없이 쏟아지는
굵은 눈송이도 그냥 그랬다. 속절없이 눈물만
흐르던 때도, 고개를 치켜들고선 살면서 입 밖에
한번 내본 적 없는 욕을 퍼붓던 때도 다 지나갔고,
이제는 '눈이 오는구나'도 아닌, '눈이구나'가
전부였다. 눈, 떨어지는 흰 것.

죽어가는 걸까, 다만 착실히 죽어가는 걸까.
그래도 상관없겠다는, 어쩌면 그러는 편이
낫겠다는 감상조차 없었다. 선명한 상실의 감각
같은 건 아무 위안도 되지 않았다. 수년이 지난
지금도 그럴 만큼 잃어버린 남편과 아들을
사랑했다는 건 확인이나 증거가 필요한 일이
아니었다. 영인은 코트에 손을 넣고 터벅터벅
교문으로 걸어갔다. 운동장에 쌓인 눈이 가죽
부츠에 밟혔다. 뽀득뽀득 소리가 들렸다. 계속
걷고 싶었다. 더는 소리가 들리지 않는 곳까지.

갑자기 요란한 경보음이 울린 건 영인이
교문 앞에 막 다다랐을 때였다. 학교 건물의 방범
장치에서 나는 소리였고 그쪽에서 아이 하나가
달려오고 있었다. 아이의 차림새가 이상했다.
어디서 뭘 그렇게 묻혔는지 얼룩덜룩해진 패딩을
입은 채였고 등에 멘 건 책가방이 아니라 커다란
등산 배낭이었다. 하지만 아이는 필사적으로
달려오고 있었다. 뒤에 쫓아오는 경비원도
미끄러질까 봐 어기적거리는 정도의 눈길이었다.
두 다리가 두툼한 겨울 바지를 입은 채로도

가느다랬다. 자그마한 얼굴엔 허연 각질이 일어
있었다. 여자아이였다. 열한 살? 열두 살? 어쩌면
더 어릴지도 몰랐다.

영인은 달려오는 아이 앞을 막아섰다. 아이가
학교 학생처럼 보이지 않아서도, 쫓아오는
경비원이나 아직도 울리는 경보음 때문도
아니었다. 교문 너머는 가파른 내리막길이었다.
막아 세우지 않으면 아이는 이 눈길에 그대로
미끄러져 굴러떨어질 수밖에 없었다.

아이는 속도를 줄이지 않았다. 영인은
흰머리에 키 작은 노인, 그것도 여자였다. 그대로
받아버리면 벌렁 자빠질 터였고 이전에도 비슷한
상황을 그렇게 모면한 적이 있었다. 교문 너머가
내리막이라는 건 기억도 나지 않았다. 정면으로,
정중앙으로 받아야 한다는 생각뿐이었다.
어설프게 비껴가려고 하면 가방이든 옷깃이든
잡힐 테니까, 쫓아오는 경비원이 곧바로 뒤에서
자신을 덮칠 테니까. 엄마가 늘 얘기했다. 제복
입은 사람들을 조심하라고, 널 붙잡아 가둘
거라고. 아이는 더 빨리 뛰었다. 영인의 중심으로,

노렸던 한가운데로 아이는 체중을 실어 냅다
뛰어들었다.

　당황하고 겁이 났을 때는 이미 피할 새도
없었다. 파고들듯 아이가 뛰어들었고 영인은
아찔한 충격만을 느꼈다. 비명도 없이 영인과
아이는 한데 엉켜 가파른 내리막을 굴러떨어졌다.
막아 세워줄 게 아무것도 없었다. 둘은 똑같이
눈밭인 도로까지 그대로 미끄러졌다. 좀처럼
몸을 일으키지 못했다. 도로 저편에서 차가 한 대
달려오고 있었다. 차주의 호출을 받고 자율주행
중이던 슈마허였다.

　슈마허가 먼저 감지한 건 막 몸을 일으키던
아이였다. 슈마허는 즉시 긴급 브레이크를
작동시켰다. 하지만 미끄러운 눈길에 타이어도
일반이었다. 차량이 속수무책 미끄러지자
슈마허는 경적을 울리며 라이트를 빠르게
깜빡였다. 하지만 그게 아이를 더 놀라 얼어붙게
만들었다. 아이는 꼼짝도 못 했다. 경적 소리에
정신을 차리고 몸을 일으켜 세우던 영인이
그 모습에 비명을 질렀다. 슈마허의 앞바퀴가

갑자기 반대 방향으로 급격히 꺾였다. 뒷바퀴가 맹렬히 돌아가며 눈발을 내뿜었다. 미끄러지던 차체가 아이를 간신히 비껴갔다. 하지만 멈춘 건 아니었다. 오히려 조금 전 기동의 힘까지 실어 영인을 향했다. 영인이 기억하는 마지막 장면은 커다란 아가리처럼 자신을 덮치던 차체의 그릴이었다.

영인이 어느 정도 정신을 차린 건 사흘 뒤 오후였다. 마취제 영향이 아직 남아 멍한 머리로 병실 창밖을 보고 있었다. 오전까지도 눈이 내려 하늘에는 어둑한 먹구름이 껴 있었고 도심의 풍경도 때 묻은 눈에 뒤덮여 회색이었다. 몸은 성한 곳이 없었다. 붕대에 보호대, 깁스까지 여기저기 감고 싸고 덧대고 붙여 남의 몸을 보는 것 같았다. 사고 당시가 떠올랐다. 맹렬하게 돌던 뒷바퀴, 급격히 회전하며 자신을 덮쳤던 자동차, 그 찰나에 든 감정은 다행이라는 것이었다. 그 꼬질꼬질한 애가 무사한 걸 봐서이기도 했지만, 무엇보다 이제는 끝이라는 생각 때문이었다. 남편과 아들이 곁을 떠난 그날 이후, 차라리 어떻게든 끝나버리길 진심으로 기다려왔으니까. 하지만 그게 전부는 아니었다. 자신을 향해 덮쳐들던, 명백히 자신을 향했던 자동차에 온몸의 피가 거꾸로 솟는 것 같은 분노를 느꼈다. 남편과 아들 때문은 아니었다. 두려움이 아니었으니까, 두 사람 역시 마지막에 이런 공포를 느꼈을 거란 감상은 그 순간에도 없었으니까. 오로지 분노였다. 감상보다 더 본질적인 것에서 비롯한, 더는 느낄 수 있을 거라고 생각조차 못 해본, 순수한 분노. 하지만 무엇에 대한?

  며칠 뒤 영인이 면회를 할 수 있을 만큼 호전되자 회사 사고처리팀 팀장이 부하 직원과 함께 병실을 방문했다. 사고 처리와 보상에 대한 논의 때문이었다. 팀장은 깍듯한 인사와 함께 간병인으로 있던 영인의 비서에게 과일과 꽃이 담긴 바구니를 건넸다. 심심한 유감의 뜻부터 전하며 영인의 몸 상태에 대해서도 상세히 물어봤고 진심 어린 걱정과 안타까움을 표했다. 흠잡을 데 없는 태도와 말이었기 때문에 영인도 친절하게 응했다. 하지만 대화는 곧 끝났다.

팀장은 이틀 뒤 다시 한번 찾아왔지만 결과는
마찬가지였다. 팀장은 영인이 원하는 걸 가져올 수
없었고 회사가 원하는 것도 영인에게서 얻어낼 수
없었다.

회사가 원하는 건 원만한 합의와 함께 사고
처리 업무에 대한 위임과 일체의 비밀 보장이었다.
하지만 영인은 슈마허의 자체 주행 기록과 내장
카메라의 녹화 영상, 알고리듬의 처리 내역을
요구했다. 합의는 그것들을 검토한 결과에 따라
결정될 것이고 업무 위임과 비밀 보장 역시
그것들의 내용에 달려 있다고.

이보세요, 팀장님. 그게 당연하지 않습니까.
당신네 회사는 보상을 해주는 주체 이전에 사고를
낸 피의자입니다. 어떻게 피의자가 피해자에게
업무 위임과 비밀 보장을 요구합니까? 보험사를
통한다는 건 더 말이 안 돼요! 당신들 건만
독점적으로 처리하는, 실상 당신네들 자회사나
다름없지 않습니까?

며칠 뒤 다시 찾아온 팀장이 더 나은 조건, 더
높은 보상을 제안했지만 영인의 요구는 달라지지

않았다. 마지막으로 팀장은 자신이 할 수 있는
최대치의 조건을 들고 왔다. 담당 임원과 논의까지
끝낸, 최종 안이자 지금까지 회사가 어떤 사고
피해자에게도 제안한 적 없는, 그야말로 파격적인
조건이었다. 하지만 영인은 오히려 이해할 수
없다는 듯 팀장을 쳐다봤다.

내가 지금 다 늙은 이 몸뚱어리값을 올리자고
이러는 거 같습니까? 내가 왜요? 한영인은 여길
보라는 듯 주위를 둘러봤다. 서울에서 손꼽히는
대학병원의 1인실이었다. 좋습니다. 이게
흥정이라고 생각한다면, 영인은 핸드폰을 들고
녹음기를 켜 보인 다음 말했다. 나는, 이 한영인은
당신네 회사에서 치료비를 포함한 어떤 보상이나
배상도 받지 않겠습니다. 하지만, 내가 요구한
그 자료는 반드시 봐야겠습니다. 어떤 타협도
없고, 어떤 거래도 없습니다. 영인은 곧바로 녹음
파일을 팀장에게 전송했다. 댁들이 만든 차가
나를 덮쳤어요. 나를 인지하고 정확히 나한테요.
그래서 내가 지금 이 꼴인 겁니다. 안 보이세요?
영인은 통증 때문에 숨을 몰아쉬었다. 왜 사고가

났는지, 어떻게 차가 그럴 수 있었는지 나는 알아야겠습니다. 내 몸은 고장 난 핸드폰처럼 AS센터에 갖다준다고 새거로 바꿀 수 있는 게 아니고, 당신들 역시 아무리 돈이 많다고 해도 사람을 두고 그렇게 할 권리는 없으니까요. 그러니 이걸로 됐습니다. 내가 달라는 걸 줄 게 아니면 더는 찾아오실 필요 없습니다. 시간 낭비는 피차 그만합시다. 영인은 웃었다. 비서에게 배웅해 드리라는 고갯짓을 했다.

팀장이 가고 영인은 비서에게 아이의 소재는 파악했는지 물었다. 비서는 협조해주는 곳이 없어 어렵다고, 하지만 계속 알아보는 중이라고 했다.

6

세희는 회사의 주요 임원들을 소집했다. 영인의 사고를 보고받은 재호는 침울한 얼굴로 회의실에 들어섰지만 다른 임원들 대부분은 그런 사고가 있는 줄도 몰랐다. 자기 부서의 일과 무관했으니까. 세희가 임원들을 소집한 것도 바로

그 때문이었다. 이 사고가 어떤 사고인지 임원들이
알아야 했다.

세희는 슈마허에 장착된 카메라에 찍힌
사고 영상을 재생시켰다. 아이를 향해 속수무책
미끄러지던 슈마허가 어차피 피할 수 없는
사고라는 걸 판단하고 방향을 꺾어 영인을 치는
장면이었다. 임원들의 표정은 떨떠름했다.

어떤 생각들이신지 모르지 않아요. 세희가
말했다. 아이를 피한 건 다행이지만 저 노부인을,
할머니를 친 건 너무 안타깝고 마음 아픈
일이죠. 세희는 임원들과 눈을 맞췄다. 그들이
느끼는 번민을 충분히 이해한다는 듯. 하지만
여러분이 슈마허 대신 저 운전석에 앉아 있었다면
어땠을까요? 아니, 더 솔직히 말해보죠. 제가
저기에 앉아 있었다면 어땠을까요? 제가 대체
뭘 할 수 있었을까요? 앞에는 여자아이, 할머니
둘이 있고 차는 눈길에 미끄러지고 있는데 저는
정말 무얼 할 수 있고, 또 무얼 해야 했을까요?
세희는 좌중을 둘러봤다. 아무도 답이 없자 바로
그렇다는 듯 고개를 끄덕였다. 맞아요, 그게

뭐든, 알든 모르든 저는 하지 못했을 거예요. 당황하고 겁먹어서 아무 데로나 핸들을 꺾고 뭐라도 밟았겠죠. 아니면 눈을 감고 비명이나 지르든가요. 아, 모르겠어. 살려줘! 세희는 과장된 몸짓으로 두 눈을 가리며 말했다. 코미디언처럼 사람들을 웃기려고 한 것이고 효과가 있었다. 좌중 여기저기서 웃음이 터져 나왔고 분위기는 한결 가벼워졌다.

세희의 얼굴에 자신감이 돌았다. 슈마허가 해낸 게, 우리가 해낸 게 바로 이거죠. 이 사고에서, 너무나 끔찍한 도덕적 딜레마에서 우리를 구출해준 거예요. 노인과 아이, 이 상황에서 누가 누굴 치고 싶을까요? 아무도요, 아무도 치고 싶지 않고 이런 상황에 놓이고 싶지조차 않죠. 그런데도, 단지 우리가 차에 타고 있다는 사실만으로 우린 가해자가 되는 거예요. 우리가 결정할 수 있는 게 아무것도 없는데, 누구도 어느 쪽을 선택할 수 없고 선택하고 싶지 않은데. 그러므로 이 장면은, 세희는 화면을 가리켰다, 놀라운 장면이에요. 지금껏 단 한 번도 보지 못한 장면이죠. 닐 암스트롱이 달을 걸은 최초의 순간처럼, 도로 위에서 벌어지는 무차별한 불행에, 단지 운이 나빠 벌어질 뿐인 최악의 사고에 슈마허가, 우리가 만든 인공지능이 최초의 승리를 거두는 장면을 보고 있는 거예요. 피해와 고통을 최소화하는 방식으로, 세희가 리모컨을 누르자 화면은 슈마허에 치인 영인을 지나쳐 무사한 아이만을 확대했다, 우리의 희망과 미래를 보호하고 보전하는 방식으로요.

임원들은 세희의 말에 완전히 빠져들었다. 말솜씨 때문만이 아니었다. 설득력 있었고, 그 설득력이 자신들의 찝찝함을 깨끗이 지워주고 회사에 대한 우려도 시원하게 날려줬기 때문이었다. 임원들은 감복하고 매혹당한 채로 세희를 봤고 테드가, 도저히 치지 않고 배길 수 없다는 듯 느리지만 힘 있어서 더욱 선동적인 박수를 치자 다들 열렬히 따라 치며 연신 크게 고개를 끄덕여댔다. 레이첼! 레이첼! 세희의 영어 이름을 연호하는 임원도 있었다.

세희는 웃으며 분위기를 가라앉히듯

손짓했다. 이 장면, 이 사고는 영감으로 가득합니다. 우리는 멈추지 않을 거예요. 지금 우리에게 필요한 건 더 크고 확고한 넥스트 스텝이죠. 재호, 나는 우리의 알고리듬에 음주 운전 통제가 필요하다고 생각해. 제품개발부에는 이미 얘기해뒀어. 세희가 해당 임원에게 눈짓하자 임원이 말했다. 핸들에 심박 센서가 들어갈 거고 대시보드에는 동공 반응 감지 센서가 들어갈 겁니다. 슈마허가 음주 상태라는 걸 판단할 수 있게요. 그럼 슈마허는 자율주행 모드만 가능하거나 아예 운전할 수 없게 차량을 통제하는 겁니다. 다른 임원들이 참신하다는 듯 고개를 끄덕이며, 멋진 생각이라고 감탄하자 임원은 겸손한 미소로 세희를 가리켰다. 전부 레이첼이 떠올린 거예요. 정말 영감으로 가득한 사람은 레이첼이에요. 세희는 자긴 당연한 걸 했을 뿐이라는 얼굴로 손사래 쳤다. 하지만 생긋 웃으며 재호를 봤다.

　재호, 지금 또 뭔가가 나한테 번뜩였는데, 이런 건 어떨까? 숙면 기능, 차 안에서 숙면할 수 있게 최적의 상태를 제공하는 기능 말야. 온도, 습도에 약간의 간접 조명, 거기에 노이즈 캔슬링과 깊은 잠을 유도하는 화이트 노이즈 한 방울까지. 어때? 근사할 거 같지 않아? 화이트 노이즈는 자동차 엔진 소리로, 가장 아름답고 클래식한 이탈리아나 독일 자동차 엔진 소리, 멋질 거야, 안 그래? 세희는 주체할 수 없다는 듯 재호를 봤다. 정말이지, 지금 나 너무 자극돼. 인스피레이션(inspiration)이 이 안에서, 가슴에서부터 샘물처럼 쏟아져 나오고 있다고. 재호, 우린 이미 엄청난 일을 해버렸고 더 엄청나질 거야. 우리 슈마허가 유일무이, 전무후무해질 거라고. 우리가 역사적 위업이 될 거야!

재호는 어디서부터 말을 해야 할지 알 수 없었다. 너무 충격적일 뿐이었다.

세희는 아랑곳하지 않았다. 테드, 광고 준비 바로 들어가요. 방향을 어떻게 잡아야 할지는 당연히 알고 있겠죠?

여부가 있겠냐는 듯 테드는 고개를 끄덕였다.

레, 레이첼. 재호는 손을 들며 세희를 불렀다.
좀처럼 쓰지 않아 영어 이름 부르기가 어색했지만
지금은 공식적인 자리였고 말해야 하는 내용도
중요했다.

레이첼이 고갯짓했다.

이 사고는, 아니 이 문제는 그렇게 간단하지가
않아. 두 가지, 아주 심각한 문제가 있어.

레이첼은 미간을 찌푸리며 다른 임원들을
둘러봤다. 외국인처럼 오 마이 갓, 쟤 또
고리타분한 소리 하려나 봐, 하는 표정으로.

재호는 불쾌했지만, 하던 말을 계속했다.
엄밀히 말해 이건 손실을 최소화한 게 아냐.
슈마허는 뭐가 손실인지도 몰라. 그냥 선택한
거야. 재호는 '네가 준 가격표에 그렇게 적혀
있었으니까' 하듯 세희를 쳐다봤다. 영상으로
보기엔 저 할머니를 감지하고 방향을 튼 것처럼
보일 테지만 아냐, 애초에 저기쯤에서 기동을 할
예정이었어. 그렇게 해야 했으니까. 아니면 아이를
칠 수밖에 없었으니까.

심각한 얘기였고 재호는 명실상부한

최고기술책임자였다. 임원들은 진지하게 재호를
주목했다.

재호는 레이첼을 똑바로 보고 말했다.
이전이었다면 피할 수 있는 사고였어.
시뮬레이션으로 검증해봤어. 마지막까지 최대치의
회피 기동을 했다면 66퍼센트 확률로 사고는 나지
않았을 거야.

대신 또 어디 있는 전봇대를 받았겠죠.
테드였다.

임원들이 피식 웃음을 터트렸다. 긴장했던
레이첼도 임원들을 보며 '오 이런, 그가 한 방
먹었네?' 하듯 웃었다.

재호는 미간을 찌푸리며 고개를 저었다. 테드,
그건 다른 문제고 상관없는 문제예요. 설령 또
그런 사고가 났다고 해도 그건 단지 슈마허가
사고를 냈다는 뜻이 아니에요. 다른 어떤 운전자가
운전해도 매우 높은 확률로 같은 사고를 낼
수밖에 없다는 뜻이죠. 슈마허는 거의 전기신호
속도로 차량을 제어하고 차량은……

재호, 이번엔 레이첼이었다, 그래서 세컨드

프라블럼은 뭐야?

재호는 레이첼의 영어가 문제를 회피하거나 변질시키려는 것 같아서 영 불쾌했지만 지금은 그런 걸 따질 만큼 한가하지 않았다. 두 번째 문제는, 이게 더 심각한 건데 레이첼, 기록에 남아. 재호는 좌중을 둘러보며 말했다. 기록이 남아요. 어떤 식으로든 남을 수밖에 없어요. 슈마허가 선택을 했다는 게, 대상을 골랐다는 게. 재호는 다시 레이첼을 봤다. 사고를, 레이첼 말대로 손실과 피해를 최소화했다고 한다면 그 최소화에 대한 기록이 남는다는 뜻입니다. 레이첼, 재호는 눈빛에 힘을 실었다. 슈마허에, 우리 회사에 책임이 생기는 겁니다. 우리가 어떤 개입도 하지 않고 사고를 모면하려고만 했을 때 사고란 단지 일어나는 것에 불과했지만, 이제는 그렇게 말할 수가 없어요. 우리가 개입한 만큼에 대해서는 사고를 일으킨 게 됩니다.

재호, 테드였다. 우리는 이미 책임을 지고 있어요. 사고에 대한 보상금을 우리가 전액 지불하고 있습니다. 그게 우리가 차를 판매하는 조건이자, 소비자가 우리 차를 사는 이유죠.

다시 반박하려는 재호를 레이첼이 손을 들어 가로막았다. 인스피레이션 미팅은 여기까지 하죠. 레이첼은 테드와 재호를 제외한 임원들을 모두 내보냈다. 직접 문을 닫고는 자리에 서서 사뭇 고압적으로, 불쾌함을 숨기지 않은 채 재호를 쳐다봤다. 재호, 그래서 요점이 뭐야?

재호도 참아왔던 감정을 드러냈다. 요점 같은 건 없어, 망할! 난 지금 우리가 슈마허로 사람을 치었고 앞으로도 계속 치게 할 거란 소릴 하는 거야! 그게 다 고스란히 기록으로 남고 있단 얘기고, 당장 그만두지 않으면 우리 다 아주 더럽게 보기 좋은 꼴을 당할 거란, 그 소릴 하고 있는 거라고!

아무 말도 없었다. 회의실은 적막했다.

오햅니다, 그건. 테드가 말했다. 사고는 이미 일어날 수밖에 없었어요. 그 상황에 우리는, 아니 슈마허는 최선의 선택을, 잔인하고 안타깝지만 아이를, 희망과 미래를 위한 선택을 한 거죠.

테드, 대체 지금 무슨 소릴 하고 있는 겁니까?

이제까지 내가 말했잖아요! 피할 수 있었어요, 사고를 피할 수 있었다고요!

테드는 태연했다. 66퍼센트의, 과반수를 조금 넘는 확률이죠.

테드, 그건 결코 작은 숫자가 아닙니다!

66이니 5보다 7에 가깝다, 이런 말인가요? 테드는 '거 너무 쩨쩨한 거 아니냐'는 듯 웃었다. 그러니 내가 말했잖습니까. 오해라고요, 오해할 수 있는 숫자죠. 피할 수 있을 거라고, 피해냈을 거라고 희망적으로, 낙관적으로요. 하지만 재호, 오해란 결국 음해가 되기 마련입니다. 세상엔 늘 만족하지 못하는 사람들, 남 탓하는 사람들이 있으니까요. 66퍼센트든 76퍼센트든 설령 96퍼센트든, 대중에겐 별로 중요하지 않아요. 4퍼센트도 아닌 0.4퍼센트의 확률로도 가족을 잃으면 잃었다고, 왜 우리에게 그것까지 피할 만큼 완벽한 인공지능을 만들지 못했냐고 할 테니까요. 어마어마한 액수를 보상금으로 부르겠죠. 세상에 자기한테만 가족이 있는 것처럼요. 이미 수많은 사람이 그렇게 돈을 뜯어 갔고 그래서 회사가 망할 지경까지 갔던 게, 오래전 일이 아니에요. 4퍼센트든 14퍼센트든 34퍼센트든 재호, 별로 중요하지 않아요. 50퍼센트도 못 맞춘다면 그래요, 그러면 우리한테 문제가 있는 거라고 할 수 있겠죠. 하지만 66퍼센트면, 테드는 두 손을 내보였다, 우린 할 만큼 한 거예요.

재호는 테드를 봤다. 이 영감은 정말 기괴한 재주가 있었다. 말을 이상하게 해서 사람을 홀리는 재주가. 66퍼센트는 그 확률로 사고를 회피할 수 있었기 때문에 우리가 잘못했다는 근거였는데 어느새 그 확률로도 사고를 회피하지 못했다면 우리가 더 큰 잘못을 저지른 게 됐을 테니 사실 그렇게 잘못한 게 아니라는, 희한한 개소리가 돼 있었다.

테드는 아무렇지 않게 말을 이었다. 세상이 그래요, 재호. 사람들이 그렇죠. 좋은 걸 좋은 대로 보지 못하고 나쁜 걸 나쁘게만 보질 않아요. 그러니 어쩌겠어요. 우리를 음해하려는 사람들에게 이런 말을 할 수 있을 뿐이에요. 미안합니다, 하지만 우리가 만든 건 인공지능이지

예수 그리스도가 아니네요.

바로 그거지. 세희가 탁자를 탁 쳤다.

테드, 피할 수 있었어요. 사고가 일어나지
않을 수 있었고 다 기록에 남아 있다니까요.
남는다고요. 재호는 뭔가 뒤엉킨 머릿속을 간신히
붙잡으며 말했지만 역부족이었다. 동어반복을
하는 게 테드라고 생각했는데 어느새 자신이 돼
있었다.

테드는 더욱 자신만만해졌다. 피할 수
있었다는 건 피했다도 아니고 피하지 못했다도
아닙니다. 우리가 그걸 뭐라고 하는 줄 압니까?
테드는 맞혀보라는 듯 재호와 레이첼을 번갈아
봤다. '모른다'예요. 재호, 모르는 겁니다.
아무도 몰라요, 일어나지 않은 일이니까요.
일어나지 않았는데, 그게 일어날 수 있었는지
아니었는지 누가 아나요? 우리에겐 이미 경험이
있어요. 슈마허가 어처구니없는 사고를 냈을
때 다들 어떻게 생각했나요? 말 그대로, 다들
황당해했어요. 또 슈마허가 인간이라면 할 수
없는 놀라운 기동으로 사고를 피했을 때는요.

아니, 거기까지 갈 것도 없이 슈마허 시연 영상이 나왔을 때 대중의 반응이 어땠나요? 얼마나 잘나셨는지 그쯤은 당연하다는 듯 시큰둥했죠. 고작 무버 따위와 비교하면서요. 재호, 그게 대중의 수준이에요. 어처구니없는 사고가 본질이고 엄청난 기동이 예외라고들 생각하죠. 실은 그 반대인데요. 아까 한 말처럼 슈마허가 사고를 냈다면 누구라도 사고를 낼 수밖에 없다는 뜻이라고 합시다. 하지만 재호, 당신이라면 받아들일 수 있나요? 가족을 잃었는데 '아, 어쩔 수 없는 사고였어'라고 할 건가요?

재호는 대답하지 못했다.

재호, 저는 당신을 존경합니다. 정말 대단한, 놀라운 엔지니어라고 생각해요. 슈마허는 말 그대로 세계 최초잖아요. 하지만 대중들은, 소비자들은 그렇게 받아들이지 않아요. 이해하죠, 이해해요. 우리 다, 누구나 자기 고통이 가장 아픈 평범한 인간들이잖아요? 그들 입장에선 당연한 거예요. 슈마허를 만든 게 아니라 샀으니까요. 그러니 그만큼 인정도 해야 하는 겁니다. 대중이 우리처럼 생각하지 않는다는 사실을요. 뭘 그렇게 알지도 못하고 알려고 하지도 않는다는 사실을요.

그거야, 대중이란 그렇다고! 레이첼이 맞장구쳤다.

솔직해집시다. 우린 예수 그리스도를 만드는 게 아니에요. 그저 차를 만들 뿐이고 또 팔 뿐이죠. 그러니 대중이 원하는 걸, 소비자들이 필요로 하는 걸 합시다. 그래야 팔 수 있으니까요. 상품이란 팔아야 하는 거니까요.

재호는 아니었다. 상품을 만든다는 생각 정도였다면 10년 넘는 시간을 슈마허 하나에 쏟아 넣을 수 없었다. 하지만 슈마허를 만든 자신에게나 그럴 뿐이었다. 슈마허는 상품이었다. 자명한 사실이었다.

테드는 만면 가득히 웃었다. 일전의 파티에서 재호에게 왔을 때처럼. 어깨를 펴요, 어깨를 펴고 가슴을 내밀어봐, 이 친구야. 당신은 세계 최초의 남자라니까? 우리가 책임을 지지 않는다면 그래, 그건 파렴치하고 비윤리적인 거지. 하지만 우리는 사고로 발생하는 피해를 전적으로 책임지고 있잖아? 소비자들은 한 푼도 부담할 필요가 없다고, 우리가 다 내주니까. 늘 한 푼이라도 더 받아보려고 핏대부터 세우는, 그러면서 뒤로는 공갈 입원이나 하고 자기 돈이었으면 안 할 온갖 비싼 검사에 물리치료까지 싹 받아 챙기는, 부끄러움이라고는 모르는 피해자들 상대까지 해주고 있다고. 자, 누가 가장 큰 부담을 지고 있지? 누구의 어깨에 가장 무거운 짐이 올라가 있냔 말이야?

우리야, 우리라고! 레이첼이었다. 우리가, 회사가 가장 큰 부담을 지고 있어. 한두 사람의 짐도 아냐. 차가 팔려 나가는 그 수만큼, 일어날 수 있고 일어나는 모든 사고의 수와 손실만큼 우리가 그 짐을 대신 져주고 있다고!

다 상관없는 얘기야. 사고를 피할 수 있었다고 했잖아! 그때 그 거지 같은 가격표만 아니었으면, 슈마허는 훨씬 더 많은 걸 배울 수 있었어. 버전이 올라갈수록 더 많은 사고를 피할 수 있었다고! 재호의 마지막 발버둥이었다.

테드는 동요하지 않았다. 차분히, 자애로운

아버지처럼 웃었다. 이해하고, 이해합니다. 어떤 기분인지 충분히 알아요. 하지만 우리끼리 있으니 자, 한번 말해봅시다. 그 사고를 피할 수 있다고 생각하는 사람은 재호, 당신뿐이에요. 슈마허가 어떤 선택을 해서 어떤 기록이 남았는지 분명히 아는 사람도 시뮬레이션을 돌리면 66퍼센트의 확률로 사고를 피할 수 있다는 걸 아는 사람도 당신뿐이죠. 좋아요, 재호. 좋습니다. 테드는 고개를 들어 재호를 봤다. 자, 이제 그걸로 뭘 하고 싶나요? 뭘 위해서? 혼자도 아니잖아요, 가족이 있지 않나요?

재호는 탁자 끝을 꾹 움켜쥐었다. 뜨끈거리는 침이 식도로 넘어갔다.

테드는 승리자처럼 웃었다. 재호, 그러지 말아요. 비틀스의 노래라도 들으면서 좋은 기분을 가져봐요. 인생은 좋지 않은 기분으로 살기엔 너무 짧으니까요. 아니면 손이라도 한번 씻어보는 건 어때요? 빌라도처럼요.

테드는 재호의 어깨를 툭툭 쳐주고는 회의실을 떠났다. 레이첼도 따라나섰다. 닫힌

회의실 문 너머로 멀어지는 두 사람의 친밀한
웃음소리가 들렸다.

7

매튜의 딸 이름은 애나였다. 발병하기 전에는
재호의 아들보다 한 살 많은 아홉 살이었고
타고난 미녀들이 그렇듯, 그 올망졸망한
이목구비로도 이미 미녀였다. 애나는 백인인
엄마를 닮아 환하고 풍성한 금발이었지만 모양은
바짝 깎은 쇼트커트였다. 애나 본인의 한결같은
고집이었다. 뺨은 매튜를 닮아 눈사람처럼 말갛게
희었다. 그 뺨에 인디언 보조개가 패도록 활짝
웃으면 매튜는 행복했다. 행복이 별거 아니라는
걸, 자긴 그냥 애나가 그렇게 웃으면 행복한
사람이라는 걸 또렷이 실감했다.

애나는 노래 부르는 걸 좋아했다. 거실
장식장에는 벌써 상장이 여러 개 있었다. 일요일
아침이면 눈을 뜨자마자 거실 창문을 열고 베란다
난간에 매달려 노래를 불렀다. 매튜가 위험해

보인다고, 좀 떨어져 서라고 해도 태연하게
말했다. 아빠, 나는 예쁜 새처럼 노래 부르고
있잖아. 안 들려? 맞는 대답이 아니지만 안 맞는
대답도 아닌 것 같은 대답을 하고 애나는 계속
노래를 불렀다. 가끔 가사를 까먹기도 하고
사레들려 콜록거리기도 했지만 멈추진 않았다.
좋아하는 노래를 이어 부르고 그 노래들 중에서도
마음을 쓰다듬어주는 선율들을 부르고 다시
불렀다. 애나의 목소리는 음정이 정확하고 울림이
청명했다. 소파에 누워 눈을 감으면 잘 들을 수
있었다. 나뭇잎들을 쓸어 넘기는 초여름 아침의
바람과 흔들리며 서로 서걱거리는 청결한 빨래
소리가, 애나처럼 지저귀는 새들과 멀리 공원에서
웃는 아이들 소리까지 모두 함께 들려왔다. 매튜가
좋아하는 건 그 소리들 속에서 곤히 잠드는
것이었다. 아주 다디단 잠이었다. 애나가 있기
전에는 한 번도 자본 적 없는 잠. 그리고 애나가
목소리를 잃어가면서는 다시 잘 수 없게 된 잠.

의사는 애나의 성대 조직에 섬유화가
진행되고 있다고 했다. 목소리는 점점 더 쉬고

갈라지다 어쩌면 완전히 잃어버릴 수도 있었다.
성대는 시작이라고 했다. 애나가 성장하면서, 그
성장 속도와 범위만큼 신체의 다른 조직에서도
비슷한 증상이 발현할 수 있었다. 선천성
유전병이었다. 하지만 유전을 받은 것도 유전을
주는 것도 아닌, 말 그대로 유전자가 결합하며
애나가 생성될 때 발생한 병이었다. 매튜도 모두
처음 알았다. 그런 유전병이 있다는 것도, 성장이
독이 되는 병이 있다는 것도, 노래에 재능을
타고난 아홉 살 여자아이가 목소리를 송두리째
잃어버릴 수 있다는 것도.

　매튜는 갈 수 있는 모든 병원을 찾아갔다.
한국뿐 아니라 시민권이 있는 미국과
친척들이 있는 독일까지. 손꼽히는 병원들의
이름난 의학박사들이 모두 안타까운 얼굴로
고개를 저었지만 매튜는 포기하지 않았다.
다음은 스위스였다. 애나를 검진했던 미국의
대학병원에서 추천한 곳이었고 소속도 그동안
다녔던 일반 병원이 아니라 제약회사의 연구
병원이었다. 검사 결과를 들은 건 매튜가

레이첼의 지시를 받아 영인을 만나러 병원에 가는 길에서였다.

연구팀을 이끄는 총책임자가 직접 건 전화였다. 정중한 독일어로 미안하지만 자신들은 할 수 있는 게 없다고 했다. 하지만 미국 제약회사의 연구 병원으로 연결시켜줄 순 있다고, 결과를 장담할 순 없지만 다른 인력과 연구 실적들이 있는, 신뢰할 수 있고 충분히 고민해볼 만한 곳이라고 했다. 매튜는 고민하지 않았다. 바로 연결해달라고 했고 그곳뿐 아니라 어떤 가능성이든, 설령 발현을 지연시키거나 증상을 약화시키는 것 정도라도 괜찮다고, 연결해줄 수 있는 곳은 모두 알아보고 연락 달라고 했다.

전화를 끊은 매튜의 얼굴은 덤덤했다. 한숨 쉬고 눈물짓는 건 그 2년간 할 만큼 했으니까. 더는 그런 걸로 시간과 감정을 낭비할 생각이 없었으니까. 다시 2년, 아니 20년이 더 걸린다고 해도 상관없었다. 갈 수 있는 모든 병원에 갈 것이었다. 치료할 수 없다는 말을 들어야 한다면 마지막 병원까지 직접 가서 들을 것이었다. 그러기 위해 이렇게 일을 하고 계속 돈을 버는 거니까.

매튜는 세상의 잡음들을 지워주는 노이즈 캔슬링 이어폰을 꼈다. 노래를 재생시켰다. 매튜가 애나 몰래 핸드폰으로 녹음했던, 애나의 노래들이었다. 아직 아무 일도 일어나지 않았고 모든 게 그대로일 것 같던 그 일요일의 아침들에.

매튜의 일은 협상이었다. 정부 부처, 관계 기관과 연관 공기업들부터 골치 아픈 고객들까지 회사에서 발생하는 모든 중대하고 어려운 협상에 투입됐고 매튜는 반드시 최상의 성과를 냈다. 많은 사람이 매튜의 외모가 큰 역할을 한 거라고 생각했지만, 바로 그렇게 생각들 하기 때문에 외모는 대개 호감보다 경계의 이유가 됐다. 하지만 매튜는 그걸 이용할 줄 알았다. 자신을 어떤 방식으로 경계하는지, 그 방식이 그 사람에게 익숙하고 자연스러운 것인지 반대로 어색하고 안 어울리는 것인지를 보면서 상대방이 어떤 사람인지 빠르고 확실하게 파악했고 거기에 맞춰 협상 조건을 제시하고 조정했다. 듣기에만 좋은 말이나 거짓말 같은 건 결코 하지 않았다.

그 역시 외모처럼 상대방이 당연히 그럴 거라고 생각하는, 경계의 이유이기 때문에 오히려 이용했다. 매튜는 솔직했고 진실했다. 자신이 한 말은 반드시 지켰다. 하지만 그게 늘 선하고 보기 좋은 방식으로만 일한다는 뜻은 아니었다. 상대방에게서 경계를 풀게 하고 신뢰와 인간적인 호감을 이끌어내기 위해 필요한 일을 모두 다 한다는 뜻일 뿐이고, 그게 매튜가 항상 최상의 성과를 만들어내는 이유였다. 그래서 매튜는 종종 아예 상대방이 협상할 수 없게 만들기도 했다. 협상을 원하지 않는 상대와는 협상할 수 없고, 협상할 수 없다면 협상 자체를 없애버리는 게 최상이니까.

영인이 입원해 있는 병원 주차장에 차를 세우고 매튜는 커다란 꽃바구니를 들고 내렸다. 너무 크고 화려해서 어딘지 괴상하고 소름 끼치는 꽃바구니였다. 하지만 잘생긴 매튜와는 근사하게 어울렸다. 매튜는 환자와 간호사들의 시선을 한 몸에 받으며 병원 중앙 로비를 가로질렀다. 엘리베이터에서 내린 매튜는 곧장 영인이 있는

1인실로 갔다. 노크는 했지만 답을 기다리지
않고 바로 문을 열었다. 영인은 혼자 소파에 앉아
서류를 읽고 있었다. 비서는 재단에 나가 일을
보는, 매튜가 일부러 맞춘 시각이었다. 영인은
조금 놀라긴 했지만 경계하진 않았다. 돋보기
너머로 꽃부터 물끄러미 봤다. 그러고는 매튜를
봤다. 피식 웃었다.

　예상하지 못한 웃음에 매튜는 당황했지만
드러내진 않았다. 마음에 안 드시는군요.

　볼 만은 하네요. 뭐든 다 경험이 되죠. 영인은
돋보기를 벗으며 손짓으로 자리를 권했다.

　매튜는 웃었다. 이 할머니가 어쩐지 마음에
들었다. 똑 떨어지는 은발의 단발머리와 군더더기
없이 깨끗한 사각 안경테부터 대화의 내용과 템포,
손짓의 선과 빠르기까지 적절하고 자연스러웠고,
성격이 보였다. 매튜는 가운데 있는 가장 예쁜 한
송이를 꺼냈다. 잘 어울리실 것 같군요.

　영인도 웃으며 꽃을 받았다. 긴 꽃대를 반쯤
꺾어 뚝 떼어놓고는 귀 옆머리에 꽂았다. 더 잘
어울리지 않아요?

매튜는 웃었다. 가장 화려한 한 송이를
꺼내 코트의 단춧구멍에 넣었다. 코르사주처럼.
그러고는 연극적인 몸짓으로 고개 숙여 인사했다.
처음 뵙겠습니다, 한영인 이사장님.

제가 달라는 걸 가져온 분처럼 보이진
않는군요.

매튜는 고개를 끄덕였다. 제가 드리고 싶은 걸
드리러 왔거든요.

영인은 뭐냐는 듯 매튜를 쳐다봤다. 여전히
웃고 있었지만 눈빛과 입가엔 미세한 긴장이 어려
있었다.

매튜는 꽃바구니에서 봉투를 꺼냈다. 아주
얄팍한 봉투였다. 탁자에 내려놓은 다음 검지와
중지, 두 손가락으로 짚어 영인 쪽으로 밀었다.

영인은 잠시 매튜를 봤다. 벗어놨던 돋보기를
다시 걸치고 봉투를 집어 들었다. 촉감이 아주
좋은, 짙은 남색 봉투였고 안에서 꺼낸 편지지는
고운 상아색의 고급 종이였다. 만년필로 쓴 단정한
필체로 이름들이 적혀 있었다. 모두 영인이
아는 이름이었다. 네 살 위 오라버니, 아들과

남편을 잃은 뒤로 자신을 세심히 챙겨준 새언니, 조카들이 순서대로 가장 위에 있었고 영인의 가장 가까운 친구들이 그다음이었다. 10~20년도 아닌 30~40년씩 사귀어온 친구들이었고, 그 긴 시간 동안 비슷한 방향과 결로 성숙해온, 자매보다 더 가까운 이들이었다. 죽은 아들의 친구들 이름도 있었다. 장례식장에 와서 서럽게 울었던, 지금도 잊지 않고 명절마다 연락을 해와선 안부를 묻고 아들이 아직도 보고 싶다고, 잊어버리고 싶지 않다고 하는 아이들이었다. 편지지를 쥔 손이 떨렸다. 자기도 모르게 입술이 꾹 다물어졌다. 이게 뭐냐고 물을 용기가 차마 나지 않았다. 물을 필요가 없다는 것도 자명했고. 안다는 거니까, 뭐든 다 알고 있다는 뜻이니까.

다양한 경로로 다채로운 노력을 해볼 생각입니다. 합법적이고 일상적이며 관례적인 일들을요. 보이지 않는 곳보다 늘 보여서 눈여겨보지 않는 곳에서 더 많은 일을 할 수 있는 법이죠.

왜, 이렇게까지 하는 거죠?

서류에 서명하시겠습니까? 하신다면 모든 걸 말씀해드릴 수 있어요. 조건도 지난번과 동일합니다.

영인은 매튜를 봤다. 빈틈이 보지 않았다.

매튜는 안내원처럼 가볍게 고개를 끄덕였다. 그제 인터뷰를 하셨더군요. 어제도 하나 하시고요. 전부 나가지 않을 겁니다. 앞으로 하시는 어떤 것들도요. 매튜는 영인을 봤다. 아무것도 나아지지 않을 겁니다. 모든 게 지금보다 나빠질 겁니다. 서류들에 서명하시기 전까지는요. 매튜는 할 말을 다 한 사람처럼 사뿐히 자리에서 일어났다.

차라리, 내가 죽었어야 했군요? 아니면, 영인은 고개를 들어 매튜를 봤다, 지금이라도 죽어버리든가요.

매튜는 미간을 찌푸렸다. 영인을 보며 고개를 저었다. 그렇진 않습니다, 부인. 저는 그런 일을 하는 사람이 아니고, 이 일도 그런 일은 아닙니다. 그저 상기시켜드리는 겁니다. 부인께선 가진 게 많으시다는 걸요. 달리 말하자면 잃을 게 많으신 분이라는 걸요. 잃을 게 많은 사람은 함부로 행동해선 안 되니까요.

그럴 수 있나 볼까요? 제가 지금 저 창문으로 뛰어내리면 어떻게 할 건가요?

매튜는 다소 실망스럽다는 듯 영인을 쳐다봤다. 지금 저를 겁박하시는 겁니까?

영인은 보고 있을 뿐이었다.

매튜는 영인을 경계하며 봤다. 비슷한 상황은 숱하게 겪어봤고 협상 중에 포크를 들어 목에 들이대는 사람까지 눈앞에서 봤지만 지금처럼 이런 느낌은 아니었다. 영인은 할 사람, 하는 사람이었다. 자신이 그런 사람이듯.

이름이 뭐죠?

매튜는 잠시 영인을 봤다. 매튜라고 부르십시오.

매튜 씨, 아직 가지 않았군요.

부인, 어떤 판단을 하시든 어떤 행동을 하시든 저완 무관합니다. 제 잘못도 아니고요. 매튜는 핸드폰을 보였다. 다 녹음 중입니다. 저는 분명히 말하고 있어요. 저와 부인의 행동은 직접적인 연관이 없습니다. 아닙니까?

맞아요. 아무 연관이 없습니다. 당신은 아무 잘못이 없어요. 무슨 짓을 하든, 내가 내 방식으로, 내 스스로 원해서 하는 겁니다. 영인의 표정은 태연했다.

매튜의 표정은 당혹스러워졌다. 도대체 영인이 뭘 할지 알 수가 없었다.

매튜 씨, 저는 지금 당신을 겁박하는 게 아니에요. 날 보세요, 내 꼴이 어떤지를 보라고요. 환갑도 넘긴 몸뚱어리가 성한 데라고는 하나도 없어요. 다 부러지고 찢기고 긁히고 터져서 여기, 이걸 다 보세요. 내가, 영인은 어처구니없다는 듯 웃었다. 이 다 늙은 몸이 나은들 뭐에 쓰겠어요? 아니 대체 뭘 위해, 뭣 때문에 내가 매일 숨이 막히고 머릿속까지 저려오는 통증들을 참아가며 처치를 받고 치료를 받아야 하죠? 나으려고요? 나아서 뭐, 계속 살려고요? 매튜 씨, 알잖아요. 난 아들과 남편을 잃었습니다. 30년 넘게 한 이불 덮고 살 붙이며 살았던 남자와, 애면글면 잠 못 자고 노심초사 애간장 녹여가며 키운 생때같은 아들이 나한테는 이제 없어요. 살아 있었다면,

그 일만 아니었다면 병간호도 아닌 내 진료를, 나한테 소독약 발라주고 붕대 감아주면서 시건방진 잔소리나 했을 내 새끼를요! 내가 가진 게 많다고요? 잃을 게 많다고요? 그게 뭐죠? 이깟 종이 나부랭이 말입니까? 여기에 적힌 이 사람들 전부와 내 두 사람을 바꾸라고 하면, 내가 어떻게 할 것 같나요? 두 사람이 아니라 단 한 사람이라도! 영인은 매튜를 준엄하게 쳐다봤다. 내가 어떻게 할 것 같습니까?

매튜는 대꾸하지 않았다. 그럴 필요가 없었으니까, 영인의 목소리로, 귀기가 느껴지는 표정으로 알 수 있었으니까.

매튜 씨, 결정해야 할 사람은 내가 아니에요. 당신입니다. 지금 여기서 나를 죽이세요. 내 목을 조르든, 저기 있는 화분 같은 걸로 내 머리통을 후려치든 당신 마음대로, 또 증거가 안 남는 걸로, 하세요. 나는 이미 그날 죽었어야 하는 사람입니다. 서른다섯이 넘어서야 겨우 얻어 27년 동안이나 키운 아들이 죽었을 때, 아직도 잡지 못한 그 뺑소니범 때문에 내 아들이, 제 아버지와

함께 차 속에서 충돌 실험용 더미(dummy)처럼
부서진 그날요! 그 고통이 뭔지 아나요? 일어날
수 있을 거라고 상상조차 해본 적 없는 일이
일어났을 때, 다른 사람에게 일어났다고 해도
아니라고 그건 말도 안 되고 너무 잔인해 듣기도
싫다고 할 만한 일이 당신한테, 당신이 가장
사랑하는 사람한테 일어났을 때 기분이 어떤
건지, 그 고통이 어떤 건지 알기나 하나요? 그걸
짐작이라도 할 수 있을 것 같아요? 영인은 고개를
저었다. 웃으며, 더는 울지 못하게 된 사람들이
짓는 웃음을 짓고서 영인은 손을 들어 보여줬다.
왼손 손등이었다. 움푹 파여 있었고 거친
자국이 나 있었다. 내가 한 겁니다, 내 이빨로.
영인은 고요히 말했다. 그 고통을 잠시라도 잊고
싶어서요. 잠깐이라도 잊을 수 있을까 싶어서요.
　　매튜는 어금니를 꽉 문 채 영인의 손등을
봤다. 그 고통을 알았으니까. 누구보다 잘 알고
있었으니까. 매튜는 피가 고인 듯 붉은 눈으로
영인을 봤다. 어떻게 하실 겁니까?
　　영인은 매튜를 봤다. 고통이 읽혔고 그래서

매튜가 누구인지 알 것 같았다. 고통을 아는 사람, 그래서 사랑을 아는 사람. 오직 사랑한 사람만이 고통을 알 수 있으니까. 그토록 고통스러울 수밖에 없는 건 오직 그토록 사랑할 수밖에 없었기 때문이니까. 매튜가 일깨운 그 진실이 영인을 확고히 말하게 했다. 법원으로 가야겠군요. 이렇게까지 하는 걸 보니 더는 다른 방법을 생각할 수도, 생각하고 싶지도 않군요.

부인, 상대는 사람이 아닙니다. 회사예요. 돌아가서 제가 무슨 말을 어떻게 하든 아까 말씀드린 일들은 일어날 겁니다. 제가 막을 수 있는 게 아니에요. 이미 모든 정보와 수단이 회사에 있습니다. 그리고 법원도, 아실 거 아닙니까. 거기도 사람들이 일하는 곳이에요. 이제까지 일어난 온갖 사고와 그 때문에 회사가 한 여러 방식의 처리 때문에 거기에도 이미 시스템이 갖춰졌습니다. 누구나 남들보다 더 잘 벌어먹고 살고 싶어 하고 그들도 다르지 않습니다. 그러자면 돈을 쓰는 쪽에 줄을 설 수밖에 없어요. 그게 벌어먹는 게 아니라 빌어먹는 거라고 하더라도요. 매튜는 영인을 봤다.

영인은 아무 말도 하지 않았다. 굳건한 눈길로
매튜를 보고 있었다. 두렵지 않았다. 비로소
뭔가가 제대로 시작됐다는 느낌이었다. 어쩌면
다시, 라고 할 수 있을지도 모를 시작.

왜, 왜 이렇게까지 하시는 겁니까? 결과는
장담할 수 없고 사람들은 다칠 겁니다. 부인보다
먼저, 부인보다 더 많은 피를 흘리게 될 겁니다.
부인은 그 마지막 차례가 될 거고요. 험하고
괴로운 일을 모두 당한 다음에, 모든 게 아무
의미 없고 어떤 보람도 생길 수 없어진 뒤에
말입니다. 이게 그럴 만한 가치가 있습니까?
부인이 처음이 아니에요. 심지어 이렇게 살아
계시기까지 하지 않습니까. 이만하면, 나쁘진 않은
겁니다. 정말로요, 괜찮다거나 다행이라고 할 순
없어도, 나쁘지 않아요. 정말 끔찍한 일도 불과
그제 있었습니다. 그것도 제가 처리했어요. 부인,
돈이 아쉬운 것도 아니잖습니까. 남은 사람들과
함께할 남은 시간이 있는데 왜, 왜 이렇게까지
하시는 겁니까. 말씀하신 그 일들조차 지난 일이

됐잖습니까? 서두르지 않아도, 결국에 오게 될 일 아닙니까?

보고 싶으니까요. 영인의 눈빛이 간절히 떨렸다.

매튜는 영인을, 깁스와 보호대를 한 작고 앙상한 노인을 봤다.

보고 싶으니까요. 그래야 하는 게 있다는 걸, 원래 그래야 하는 게 그래도 하나는 있다는 걸 내 눈으로 똑똑히 확인해두고 싶으니까요.

그게 중요한가요?

아무것도 중요하지 않으니까요, 어떤 것도 중요하지 않으니까요. 당연한 게, 원래 그래야 하는 게 하나라도 있지 않다면 모든 게 허무하고, 자식마저도 허무할 뿐이니까요. 영인은 매튜를 봤다. 27년 동안 키운 아들을 잃을 수 있는 게 세상이에요. 30년 넘게 살 붙이고 살았던 사람이 어느 날 그냥 사라지는 게 세상이고, 60년 넘게 했던 것처럼 똑같이 자고 일어났을 뿐인데 고아보다 더 혼자가 되는 게 세상입니다. 모두 운이 나빴다고, 불운이고 불행이었다고 했어요.

그러니 지나가라고, 수많은 일이 그랬던 것처럼 이 일도 지나갈 거니까 나도 지나가라고요. 하지만 이봐요, 그게 불운이고 불행이기만 하다면, 그래서 뭘 하든 결국 불운이고 불행, 그걸로 다 끝이고 아무것도 아닌 세상이라면, 이렇게 힘들게 살 필요가 없는 거예요. 아무것도 하지 않는 게 낫죠. 죽어 있을수록, 죽은 듯 살수록, 아니 애초에 태어나지조차 않는 게 이득이죠. 뭘 하든, 그걸 얼마나 하고 어떻게 하든, 가장 사랑하는 일조차 가장 고통받기 위한 준비에 지나지 않으니까요. 태어난 게 오로지 죽기 위한 것밖에 안 되는 것처럼요. 영인은 매튜를 서늘히 봤다. 그게 무슨 뜻인지 알아요? 정말 그런 거라면, 그렇기만 하다면 내 아들이 죽은 건 오로지 내 죄란 말입니다! 내가 누구보다 내 아들한테 가장 큰 죄를 저지른 거예요. 태어날 필요가 없었으니까, 오로지 나 때문에, 내가 원해서, 날 위해서 태어나준 건데 나는 지켜주지도 못했으니까!

　　매튜는 눈을 감았다. 목에 핏덩이처럼 뜨겁고 비린 게 치밀었다. 자신의 고통이 그것이었다.

애나에게 느끼는 끝없는 죄책감이 거기에서
비롯했다는 걸 매튜는 부정할 수 없었다.

　매튜 씨, 나는 봐야겠어요. 그래야 하는 게
있다는 걸, 원래, 누가 뭐라든 세상이 어떻고
세월이 어떻든 아무 상관 없이 당연히 그래야만
하는 게 있다는 걸요. 우리가 사랑하고 소중히
여기는 걸 허무하지 않게 만들어주는 게 하나라도,
단 하나라도 있다는 걸요. 그게 내가 생각하는
정의(正義)라는 말의 뜻입니다. 원래 그래야
하는 것, 누구도 아니라고 할 수 없이 당연히
지켜야 하고 그래서 적어도 내 가장 소중한 단
하나만큼은 허무한 게 되지 않게 해주는 것. 내
전 재산을 다 갈아 넣어서라도, 이 종이 쪼가리에
적힌 사람들이 모두 피 흘려 쓰러지더라도 이제는
봐야겠어요. 이 일로 확실히 알았으니까요. 시간이
늘 있는 게 아니라는 걸, 한순간에 내 모든 시간도
내 사람들처럼 사라질 수 있다는 걸요. 영인은
매튜를 쳐다봤다. 시간을 살 수 있는 사람도,
시간을 알 수 있는 사람도 없죠. 더는 미룰 수가
없어요. 당연한 걸, 내가 다쳤으니 왜 다쳤는지

알아야겠다는 당연한 요구를 나는 당신네들한테
해야겠어요. 끝까지. 영인은 차분한 목소리로
말했다. 가서 전하세요. 잘못 걸린 거 같다고. 어느
늙고 미친 여자가 이 하찮은 일에 자기 목숨을
걸었다고.

　매튜는 영인을 어떻게 봐야 할지 모르는
눈으로 바라봤다.

　매튜 씨, 내가 한 말을 줄이거나 덧붙일
필요도 없습니다. 거기서 할 뭔가를 막거나 바꾸려
애쓸 필요도 없어요. 내가 선택한 거니까, 내가
감당하는 겁니다. 다만, 나를 도와주세요. 영인은
웃었다. 나는 도움이 필요합니다.

8

　회사로 돌아간 매튜는 세희와 테드에게
영인의 의사를 전달했다. 두 사람은 영인을
이해하지 못했지만 상황은 받아들였다. 매튜가
성과를 내지 못했다면 아무도 성과를 낼 수
없다는 뜻이었다. 본인 말대로 늙고 미친

여자니까. 다만 세희는 여자를 구슬려볼 수 있겠냐고 했다. 적당히 매만진 자료를 내줄 테니 그걸로 여자가 자기와 회사 간에 피차 약간의 오해가 있었다고 생각할 수 있게, 그래서 골치 아픈 송사로 이어지지 않게 할 수 있겠냐는 얘기였다.

가짜 자료로 거짓말이나 하는 건 매튜의 방식이 아니었다. 하지만 매튜는 세희에게 고려해볼 수 있다고 했다. 영인이 다치는 걸 원하지 않았으니까. 영인이 결국 이길 수 없고 더 큰 고통을 받을 뿐이라는 걸 매튜 자신이 가장 잘 알고 있었으니까. 매튜는 세희를 봤다. 다만, 많은 시간과 낮은 기준점이 필요합니다. 목숨을 걸었다고, 그날도 차라리 지금 자길 죽이라고 했으니까요. 시간이 필요해요. 우선은 여자의 몸이 낫기를 기다려야 합니다. 그사이 신뢰를 더욱 돈독히 해야 하고요. 그리고 여자 스스로 잃고 싶지 않은 게 생겨야 합니다.

그게 뭘까? 그런 게 그 여자한테 있을까? 세희가 물었다.

알아나가야죠. 그러니 낮은 기준점이 필요하다고 말씀드린 겁니다. 당장 판도가 바뀌거나 어떤 결정이 나올 거란 기대를 하지 말아야 해요. 오히려 여자가 모든 결정을 미루도록 하는 겁니다. 우리가 원하는 결정을 미루게 만들어서 우리가 원하지 않는 결정까지 미루도록 만드는 거죠. 그게 이 상황에서, 아무것도 잃을 게 없고 협상도 하지 않으려는 사람과 낼 수 있는 최상의 성과예요.

세희는 고민스러운 얼굴이었다. 결국 불씨가 계속 남게 될 거고 온전히 매튜에게 그 불씨를 맡겨야 한다는 뜻이었다. 하지만 누군가 믿고 맡겨야 한다면 매튜보다 더 나은 사람은 없었다. 세희가 마음을 정한 그때 테드가 매튜에게 말했다.

협상할 수 없는 사람과는 협상하지 않는다, 그게 늘 말해온 원칙 아니었습니까? 일전의 일들도 그렇게 처리했고.

매튜는 대꾸 없이 테드를 가만히 봤다. 의도를 가늠해보려는 것이었다.

테드는 세희를 봤다. 레이첼, 최고경영자로서

리스크와 불확실성을 최소화하려는 건 충분히 이해하고 저도 동의합니다. 하지만 알다시피 저는 솔직한 사람이고 진실을 말해야 할 책임감을 갖고 있는 사람입니다. 그게 나이 든 사람의 의무이자 사명이라고도 생각해요.

테드, 저한테 일일이 그런 말씀 하실 필요 없어요. 그냥 말씀하세요. 당연히, 그리고 누구보다 저 같은 사람은 테드 같은 분의 진심 어린 직언이 필요해요. 저 역시 이사회를 대표하는 사람으로서 당연히 귀 기울여야 할 의무와 책임이 있는 사람이죠.

테드는 가슴에 손을 올렸다. 그렇게까지 말씀해주시니 더할 나위 없군요. 그럼 레이첼, 혹시 지난번에 하신 말씀을 기억하시나요?

어떤 말인지?

넥스트 스텝이요. 사고 장면을 보여주며 영감과 용기로 가득 차 말씀하셨잖아요. 우린 멈추지 않을 거라고, 우리에게 필요한 건 더 크고 확고한 넥스트 스텝이라고요. 테드는 그때의 레이첼을 다시 눈앞에 그리는 듯한 표정으로 말했다.

그랬죠. 그게, 진실이니까요. 세희는 흡족한 듯
웃었다.

맞아요, 레이첼. 그게 진실이죠. 그렇다면
레이첼, 우리가 가끔은 리스크와 불확실성을
기꺼이 선택해야 한다는 것에도 동의하나요?
고통스럽지만 리스크를 무릅쓰고 불확실성을
우리의 어깨에 짊어지고 나아가야 할 때가,
인생에서 그렇듯 경영에서도 있다는 걸요.

오, 테드. 레이첼은 사랑스럽게 테드를
바라봤다. 물론이죠. 바로 넥스트 스텝을 위해
우린 기꺼이 그래야 해요. 한 걸음을 떼지 않으면,
한 걸음을 나아갈 수도 없는 거니까요. 잡자면
먼저 놓아야 하고, 채우자면 먼저 비워야 하죠.

테드는 놀랍다는 듯 레이첼을 바라봤다.
레이첼, 아마 영명하다는 단어는 지금을 위해
있는 것 같네요. 영명한 사람, 당신은 정말 영명한
경영자예요. 당신 그 자체가 제게, 그리고 이
회사에 축복이고 은총이군요.

테드, 셰익스피어세요?

테드는 웃으며 농담은 이쯤 하자는 듯이
손을 들었다. 레이첼, 우리 솔직히, 진정성 있게
말해봅시다. 슈마허가 뭘 잘못했나요? 슈마허가
그 여자를 친 게 잘못인가요? 아이를 구하기 위해
그 늙은 여자를 칠 수밖에 없었던 게 슈마허의
잘못인가요?

아니요, 아니죠! 물론 저라도 힘들고
괴롭겠죠. 고통스러울 거예요. 하지만 나라면
감사했을 거라고요. 아이가 무사하니까요, 그게
엄마의 마음이잖아요. 내가 아픈 게 나아요.

그겁니다, 레이첼. 누구라도, 마음에
선함과 미덕이 있는 여성이라면 그렇게 생각할
수밖에 없죠. 하지만 그 여자는 어떻게 하고
있나요? 우리를 협박하고 있습니다. 심지어
자해공갈단처럼 자기를 죽이라는 소리까지 하고
있죠. 그 여자는 어떤 여자, 어떤 인간인가요?

어리석죠, 비열하고 저열해요.

맞습니다. 레이첼, 그거죠. 그런 여자가
걸어올 소송은 어떤 걸까요? 우리를 진흙탕에
끌고 가려고 할 겁니다. 왜냐하면 그 여자부터가

이미 진흙탕이고 시궁창이니까요. 그 시궁창으로 가짜 피해자들까지 덤벼들겠죠. 뉴스가 되고 돈이 된다 싶으니 너도나도 피해자랍시며 쥐 떼처럼 우리한테 달려들 거라고요. 어쩌면 우리가 매튜까지 동원해서 단속시켰던 그 가짜들까지도 다시 문제 삼으려 들지 모르죠.

그런 일은 없습니다. 저는 일을 그렇게 처리하지 않습니다. 매튜가 말했다.

100퍼센트 장담할 수 있나요? 어떤 상황에서도 결코, 단 1퍼센트의 확률로도 일어나지 않는다고 확답할 수 있나요?

매튜는 대답하지 않았다. 이제 테드의 의도를 파악했고, 테드가 누군지 명확해졌으니까. 테드는 인형술사였다. 검은 옷을 입고 무대의 어둠 속에 숨어 있는. 레이첼의 의심과 불안을 부채질하는 것도 그게 바로 무대의 어둠이기 때문이었다. 레이첼이 의심하고 불안해할수록, 사람들을 어리석고 비열하고 저열하다고 생각할수록 무대의 어둠이 짙어지는 것이었고 테드는 더욱 깊숙이 숨을 수 있었다. 레이첼은 더욱 인형이 될 수밖에 없었고. 자신이 인형이라는 것도 모르는 채, 오히려 납작한 어둠 속에 자기 혼자만 입체고 색색깔로 살아 있다고 착각하면서.

레이첼, 심각한 문제가 될 수 있어요. 세 사람이면 없는 호랑이도 만드는 게 세상이고 사람들이죠. 어쩌면 지금까지의 슈마허 관련 사고가 모두 문제 될지도 몰라요. 보이는 것만 보는 어리석은 대중들은 그 선동에 휩쓸릴 거고 우리는 그 선동을 선동이라고 해명하는 데만, 틀린 걸 틀렸다고 말하는 데만 엄청난 시간과 비용을 쓰게 될 겁니다. 그러고도 의심은 사그라들지 않을 거고 낙인은 우리의 이마에 찍히겠죠. 우리가 처음에 당했던 일을 생각해봐요. 길고양이를 피하다 보니 전봇대를 받은 것뿐인데, 차에 불과한 슈마허를 사람들이 어떻게 이용하려 했는지, 얼마나 막대한 돈을 우리에게 뜯어냈고 또 그 때문에 우리 회사가 어떤 지경에 처할 뻔했는지를요. 레이첼, 우리가 그때 대안을 마련하지 않았다면 우린 지금 여기에 없었을지도 몰라요.

레이첼의 얼굴이 공포로 일그러졌다.

어쩌면 지난번보다 더욱 어려울 수도 있어요. 이미 인식이 박혔으니까요. 말도 많고 탈도 많은 슈마허. 우리 때문이 아닌데도, 우리 차에, 엄연한 타인의 재물에 자기 화풀이, 분풀이로 긁고 받고 펑크 내고 위협 운전이나 하는 인간들 때문에 생긴 문제에도 사람들이 뭐라고 했습니까? 이해는 간다, 혹은 이해는 안 가지만 그렇다고 돈까지 쓰며 타깃이 되고 싶진 않다고 했잖아요. 레이첼, 문제는 이겁니다. 어리석고 비열하고 저열하다는 건 바로 이런 거예요. 분별이 없는 거죠. 뭐가 옳고 그른지를, 선하고 악한지를 판가름하지 않는 거예요. 판가름하더라도 행동하지 않는 거고요. 나나 레이첼 같은 사람은 그럴 수 없어요. 본성이 다르니까요. 그래서도 안 되고요. 회사가, 우릴 믿고 일해주는 직원들과 제품을 사주는 소비자들이 있으니까요. 하지만 그 여자는요? 대체 그 여자는 무슨 자격으로 그런 짓을 벌이려고 하는 건가요? 우리는 기어이 내줘야 하는 거고요? 우리의 시간과 비용을? 명성과

품위를? 그게 그 여자의 자격인가요? 그 여자의
인식과 행실과 됨됨이에 상응하는, 가당키나 한
건가요? 레이첼, 정말 그렇게 생각해요?

레이첼의 눈빛이 뾰족해졌다. 아뇨, 결코
아니죠! 레이첼은 치가 떨린다는 듯 입술을
질끈 깨물었다. 벌이에요. 그 여자가 받아야
할 건 벌이죠. 잘못했으니까요, 잘못한 건 그
여자니까요.

맞아요, 그 여자는 벌을 받아야 합니다.
틀린 건 우리가 아니라 그 여자니까요. 무엇을
잃는지, 잃는다는 게 뭔지 여자에게 알려줍시다.
틀렸다는 게 뭐고 잘못했다는 게 뭔지 그 나이를
먹고도 아직 모르는, 미련하고 천박하고 파렴치한
여자에게 가르쳐줍시다. 우리가 뭘 잘못했나요?
뭐가 나쁩니까? 아이는 무사하고 노인은
다쳤습니다. 단지 그뿐이에요. 그리고 사람들이
아직 잘 모르는 얘기가 하나 더 있죠. 테드는 알지
않냐는 듯 미소 지었다.

광고 관련 결재했던 내용을 떠올리며
레이첼도 웃었다.

레이첼, 지금이 바로 넥스트 스텝입니다. 이전에 그렇게 했듯 이번에도 우리는 다시 한 걸음 나아가야 해요. 그 여자가 표본이 돼야 합니다. 박제가 돼야 해요. 슈마허에 그 짓거릴 했던 인간들이 그렇게 된 것처럼요. 감히, 내 모든 진정을 담아 말하건대 레이첼, 소송으로 가는 게 우리에게 그렇게 나쁜 일은 아닐 거예요. 거기서 우리가 맞고 옳다는 걸 증명한다면, 누구도 우리가 틀리고 그르다고 감히 오해하고 음해할 수 없을 테니까요. 우린 할 수 있어요, 당연히 할 수 있죠. 이미 많은 친구가 있으니까요. 또 더 많은 새로운 친구를 매튜가 만들어줄 테니까요. 그게 매튜 같은 인재가, 고급 인력이 쓰여야 하는 곳입니다. 한낱 그 천박하고 파렴치한 여자의 비위나 맞춰주는 게 아니라요. 테드는 그렇지 않냐는 듯 매튜의 어깨를 툭툭 두드렸다.

맞아요, 테드. 어떻게 내가 그 생각을 못 했죠? 내가 왜 질 생각부터 했을까. 패배자들처럼.

테드는 고개를 내저었다. 당신은 선량한 사람이니까요. 책임감 있는 사람이고 염치와

덕성을 겸비한 사람이니까요. 그러니 더욱
우리에게 필요한 거죠. 당신 같은 사람의 한
걸음이요. 레이첼, 우리 물러서지 말아요.
나아갑시다. 선점합시다. 그래서 승리합시다.
다음 주면 캠페인 송출이에요. 놀라운 디테일들이
더해졌고 지난주에 했던 시사회 때와도 다른
감동을 받을 거예요. 내가 100퍼센트 장담합니다.
슈마허가 누군지 이보다 확실하게 말해주는 건
없어요. 이제 사람들은 슈마허와 함께 무엇을
할 수 있고 또 앞으로 무엇을 해야 할지 비로소
알게 될 겁니다. 영감 넘치는, 그리고 유례없는
캠페인이 될 거예요. 뿔테 안경 낀 테드는 주름진
눈으로 자신만만하게 웃었다.

9

　　공중파 방송사의 가장 시청률 높은 예능
프로그램에서 한 사연이 방송됐다. 영인의
사고 당시 슈마허를 호출했던 차량 소유주의
사연이었다. 소유주는 공장에서 일하는, 순박한

인상의 서른한 살 남자였다. 사고 당일은 아기가
태어나 남자가 아빠가 된 날이었다. 슈마허를
호출했던 것도 외근 중 아내의 진통이 시작됐다는
연락 때문이었다. 폭설이라 택시는 안 잡혔고
외근지라 태워달라고 할 수 있는 사람도 없었다.
사고 장면이 나왔고 남자가 말했다. 지금도
아찔하다고, 하지만 자신이 직접 운전했다고
생각하면 더 아찔하다고. 그 폭설에 인공지능도
못 피한 사고를 제가 피할 수 있었을까요? 전
아들을 볼 수 없었을지도 몰라요. 지금 이렇게
있는 게 아니라, 어딘가에 수감돼 있거나 조사받고
있을 거예요. 아들이 태어나자마자요. 순박한
남자가 빨개진 눈으로 울먹였다. 프로그램의 고정
출연진들, 유명 연예인들이 안쓰러운 표정으로
남자를 다독이고 위로했다. 남자의 집은 작지만
깨끗했고 아기를 위해 세심하고 예쁘게 꾸며져
있었다. 누구라도 어서 돈 많이 벌어 잘 살았으면
싶을, 그런 집이었다. 남자의 아내도 인상이
좋았다. 미인은 아니어도 젊음이 느껴졌고 출산
후 부기가 덜 빠진 얼굴이라 더욱 마음이 갔다.

남편, 아이와 열심히 예쁘게 살고 싶다는 말도
다부지게 했다. 아기는 갓난쟁이라는 게 믿기지
않을 만큼 통통하고 뽀였다. 출연진들이 돌아가며
안아주고 얼렀는데 신기할 만큼 방긋방긋 잘 웃어
보는 사람들을 흐뭇하게 했다. 그날 방송은 자체
최고 시청률을 기록했고 다시 보기도 조회 수가
폭발적이었다. 두 사람의 이야기가 더 궁금하다는
댓글들이 수없이 달렸다.

　　며칠 안 돼 같은 방송사에서 남자의
다큐멘터리를 방영했다. 일찍 아버지를 여의고
고등학교 졸업 후 바로 공장에서 일을 시작한
남자, 사무직이던 아내와 결혼해 임대주택에서
시작한 신혼살림, 아내의 임신 소식을 듣고 두
사람의 친구들이 모금해준 돈에 저축을 보태
장만한 중고 슈마허, 그리고 다시 그날의 사고와
이후 예능 촬영으로까지 이어지는 이야기가
예쁜 영상과 잘 짜인 구성으로, 유명 배우의
내레이션까지 입혀져 전국에 송출됐다. 수많은
시청자가 이 작고 사랑스러운 가족에 지지와
응원을 보냈다.

회사가 광고 캠페인을 전개한 건 그 시점이었다. 작업복 차림으로 웃거나 아들을 안은 채 아내의 손을 잡고 있는 남자, 또 일부러 옛날 가족사진처럼 연출한 세 사람의 사진이 지면과 사거리의 건물들, 버스와 지하철에 슈마허와 함께 나란히 붙었다. 카피는 '우리의 친구'였다. 순하고 수더분한 남자의 인상과 지켜주고 싶은 그 가족의 모습 옆에 놓인 슈마허는 그야말로 진짜 친구였다. 택시도 잡을 수 없고 누구에게 태워달라고 할 수도 없는 절박한 상황에 달려오는 친구, 그러다 불운하고 안타깝게 우리를 대신해 사고까지 당한 친구. 사고 영상 분석으로 유명한 소셜미디어에서도 해당 사고를 다뤘다. 사고 장면을 세세히 쪼개 분석하면서 전문가는 말했다. 사람이라면 당연히 피하지 못했을 사고고 인공지능이니 아이라도 구한 거라고. 게다가 애초에 차가 달려든 것도 아니고 피해자들이 도로까지 굴러 들어온 사고였다. 사람이 운전했다고 해도 과실은 아무리 크게 잡아봐야 20퍼센트가 안 됐을 거라고 장담했다. 솔직히 이

정도면 회사에 상을 줘야 할 것 같다는 말까지 노련하게, 지나가는 말 같지만 아무도 흘려들을 수는 없게 덧붙였다.

화룡점정은 세희였다. 세희는 직접 기자회견을 열어 영인이 입은 모든 피해에 대해 전액 보상할 것을 발표하며 유감과 사과의 뜻을 밝혔다. 슈마허의 과실이 거의 없는 것은 사실이지만 영인의 입장에서도 아이 때문에 미끄러져 굴러떨어진 것에 불과하다는 이유였다. 세희의 발표에 슈마허를 옹호했던 사람들은 회사를 추켜세우고 칭송하기까지 했다. 선한 기업, 정직한 기업, 믿을 수 있는 기업이자 우리의 친구인 기업. 여론이 절정에 달했을 때 회사는 슈마허의 신기능을 발표했다. 일전에 세희가 지시했던 음주 운전 차단 기능이었다. 세희는 영어로 진행한 프레젠테이션 영상에서 말했다. 단지 회사가 지금껏 걸어온 걸음들과 똑같은 한 걸음일 뿐이라고. 넥스트 스텝 그리고 넥스트 스텝, 회사는 매 일보 꾸준히, 계속 걸어나갈 것이며 모든 기술력과 경쟁력으로 도로 위에서 일어나는 비상식과 불합리, 거기에서 비롯된 무의미한 불행과 불운들을 하나씩 정복하고 그 뿌리부터 뽑아갈 것이라고 세희는 담담하게 말했다. 사람들은 열광했다.

모두 테드의 고안이었다. 예능 프로그램에 광고 명목으로 거액의 제작비를 지원하고 다큐멘터리도 송출만 공중파 방송사를 통해 했을 뿐 제작은 회사의 자회사나 다름없는 영상 제작사에서 한 것이었다. 일상적이고 평범한 느낌의 사진들도 그렇게 보일 뿐 실은 업계 최고 수당을 받는 광고사진가가 촬영한 것이었다. 소셜미디어의 전문가에게 회사가 직접적인 청탁이나 요구를 한 적은 없었다. 다만 공교롭게도 그즈음에 회사와 연간 단위의 강연과 교통사고 연구 용역 계약을 맺었을 뿐이었다. 워낙 저명하고 공신력 있는, 그야말로 전문가니까.

매튜도 회사가 시킨 일을 착실히 했다. 영인이 자신과 만나기 전에 했던 인터뷰와 입장 표명 기사들이 차례로 기사화됐다. 차가 자신을 향해 달려왔다고, 이 사고를 단순히 피해자들만

있을 뿐인 불운이나 불행이라고 하기 전에
먼저 검토하고 검증해봐야 할 것들이 있으며
자신은 단지 그걸 회사에 요구하는 것뿐이라는
내용이었다. 이해하고 호응하는 사람들이 없진
않았다. 하지만 그 사람들마저도 그게 그렇게
중요한가, 의문이었다. 누가 죽은 것도 아니고
대표까지 나서서 사과하고 보상까지 약속하지
않았나. 실상 과실이라고 할 것도 없는데. 오히려
영인에게 왜 저러냐고 하는 사람이 훨씬 더
많았다.

영인의 재단이 세무조사 대상에 오른 것도
매튜의 일, 매튜가 만든 회사의 친구들이 조금씩
노력과 수고를 보탠 덕분이었다. 재단은 교육청
감사에도 올랐다. 사고가 있었던 초등학교 교감의
고발 때문이었다. 교장과 주임 교사들에게 모욕을
주고 거친 언행을 했다는 민원이었고 녹취
내용이 고스란히 뉴스를 탔다. '슈마허 사고로
관심을 모았던 한영인 이사장이 이번에는 학교
재단에서 주임 교사들에게 모욕적인 발언을
했다는 주장이 제기돼 논란이 일고 있습니다' 같은

앵커 멘트와 함께. 이사회에는 영인을 이사장에서 퇴진시키자는 결의안이 상정됐다.

예고했던 대로 매튜는 영인의 친구들과 가족들이 운영하는 회사와 사업장에도 원청 업체, 하청 업체, 감독 기관, 사정 기관, 고객들까지 동원할 수 있는 모든 방법을 동원해 압박하고 타격을 가했다. 다들 재단 이사장인 영인만큼이나 지위와 가진 것이, 지켜야 할 사람과 기반들이 있었다. 그래서 온전히 깨끗할 수만도 없었다. 흔히 말하듯 털어서 먼지 안 나는 사람 없었고 크고 두꺼운 옷을 걸친 사람일수록 더욱 그랬다. 영인의 오라버니는 소송 위기에 놓였고 조카들 중 몇몇은 직장을 잃는 정도가 아니라 경력 전체를 위협받았다. 본인들이 저질렀거나 저지르고 있는 잘못들 때문이었다. 하지만 그렇기 때문에 더욱 자기들한테 잘못이 있다고 생각하지 않는 게 사람이었다. 다들 궁지에 몰리면 자기 잘못은 작아 보이고 남의 잘못은 커 보이니까. 친구, 친족들 모두 이 모든 분란이 오로지 영인 때문이라고 여겼다. 더 세고 더 거칠게 자신들이 받는 압박과 타격을 영인에게 전가했다. 더는 믿고 의지할 사람 없는 영인이기 때문에 더욱.

모두 매튜가 잘 알고 잘할 수 있는 일이었다. 하고 싶진 않았지만 그건 별로 중요하지 않았다. 하고 싶지 않은 걸 하는 게 일이니까, 하기 싫은 걸 하기 때문에 일이고 누군가 돈을 주는 거니까. 하고 싶은 걸 하고 싶은 만큼만 하는 건 놀이고, 돈을 벌면서가 아니라 내면서 해야 하는 게 현실이고 세상이었다. 돈을 많이 버는 일이라는 것도 실은 아주 명료했다. 그만한 돈을 주지 않으면 아무도 하지 않을 일, 그만한 돈을 받아야 그럭저럭할 만한 일이란 뜻이었다. 의사와 변호사가 그렇게 돈을 버는 것도 아픈 사람, 범죄에 연루된 사람을 1년 365일 봐야 하기 때문이었다. 온 세상이 아픈 사람이나 범죄자로 가득 찬 게 아닌가 싶을 만큼 보고 겪는 대가가 그 돈, 그 생활이었다. 매튜도 많은 돈을 벌었다. 그 돈을 벌었기 때문에 애나를 스위스까지 데려갈 수 있었고 그렇게 계속 돈을 더 벌어야 다시 미국으로 또 어느 나라의 어떤 병원으로 애나를 데려갈 수 있었다. 매튜에겐 선택의 여지가 없었다. 사랑은 책임을 요구하니까, 자식처럼 책임으로 부모를 옭아매는 건 없으니까. 하지만 매튜는 가끔 잠을 이룰 수 없었다. 영인이 할지도 모른다고 생각하는 선택 때문이었다.

영인은 괴로울 터였다. 매튜가 동원할 수 있는 모든 사람을 통해 움켜쥐듯 옥죄고 있었으니까. 한편으로는 분개할 터였다. 그날도 이미 알아차렸듯 이렇게까지 자기를 옥죈다는 건 자기가 생각했던 그게 맞다는 뜻이니까. 영인에게 나 있는 길도 두 가지였다. 지금이라도 괴로움을 멈추기 위해 그만두는 것, 아니면 오히려 악에 받쳐 끝까지 소송으로 밀고 가는 것. 둘 다 영인의 성격에 맞지 않았다. 전자는 너무나 굴욕적이었고 후자는 너무나 이기적이었다. 영인은 그날 이기적이 될 거라고, 그 사람들이 아무리 피 흘려도 상관하지 않겠다고 했지만 매튜는 알고 있었다. 정말 이기적인 사람은 이기적인 사람이 되겠다고 하지 않는다. 정말 미친 사람은 자기가 미쳤다고 하지 않듯. 영인의 요구는 상식적이고 당연했다. 영인도 매튜가 아는 어떤 사람보다 제정신이었다. 그렇기 때문에 영인이 할 수 있는 선택은 자명했다. 굴욕적일 것도 이기적일 것도 없는 선택, 그 양자택일을 그만두면서 수치스러움까지 벗어던질 수 있는 선택. 영인이 차라리 그날 자신을 죽이라고 했기 때문에 매튜에게는 더욱 있을 법한, 어쩌면 영인이기 때문에 당연히 할 수밖에 없는 선택 같았다.

매튜가 영인의, 죽은 아들의 친구들만큼은 그대로 둔 것도 그 때문이었다. 젊디젊은, 이제 사회에 막 나온 초년생들이었고 아무 흠결이 없었다. 그야말로 깨끗한 아이들이었고 그래서 영인의 방아쇠가 될 수밖에 없었다. 하지만 그게 뭐가 중요할까. 이유와 동기는 이미 충분했다. 영인이 스스로 방아쇠를 당기고 싶다면 그뿐이었다. 그렇다면 자긴 대체 여기서 무엇을 하는 걸까? 매튜는 영인이 사는 집 앞에 차를 댄 채 방을 보고 있었다. 커다란 주택에서 불이 켜지는 방은 그 하나뿐이었고 그게 영인의 삶이었다. 영인의 말대로 고아보다 더 혼자인

삶. 불빛은 다른 집들의 불빛이 모두 꺼진 깊은 새벽에 문득 깬 잠처럼 켜졌다. 새벽 내내 켜져 있다가 동이 튼 직후에야 겨우 꺼졌다.

그게 전부였다. 매튜는 불빛을 볼 뿐 녹음이나 녹화를 하는 것도, 고배율 망원렌즈 같은 걸로 동태를 살피는 것도 아니었다. 잠복근무 같은 게 아니니까. 매튜도 그러고 있는 자신이 기이했다. 안에서 뭔 일이 일어나는지 살피고 또 막기 위한 것도 아닌데 자신은 왜 여기에서, 불이 켜질 때부터 꺼질 때까지 지켜보고 있는 걸까? 하루 이틀 만에 풀리는 의구심이 아니었다. 더 많은 날이, 켜지고 다시 꺼지는 불빛이 단지 불면과 무력함의 진술이 아니라는 걸 알 수 있는 시간이 필요했다. 영인이 망설이고 있는 게 아니라는 걸, 굴욕과 이기심에 이리저리 떠밀리며 수치스러움에 시달리고 있기만 할 사람이 아니라는 걸 매튜 스스로 깨닫고 확신할 수 있는 시간이.

그 시간이 다 흘렀고 비로소 매튜는 알 수 있었다. 영인은 매일 밤 자신의 방에서, 그 불빛

속에서 온 힘을 다해 버티고 있었다. 물러서지도
않고 그만두지도 않고 자신이 한 말처럼
감당하고 있었다. 그게 아니라면 설명할 수 없는
시간이었고, 그러자 자신이 지금 무엇을 하고
있는지도 알 수 있었다. 기다리고 있었다, 영인의
가장 가까운 곳에서 가장 힘든 시간에. 영인이
말했으니까. 도와달라고, 나는 도움이 필요하다고.

　그날도 늘 그래왔듯 영인의 방에 불빛이
꺼지고 동쪽 하늘에 발그스름한 박명이 약속처럼
번졌다. 매튜의 전화기가 울렸다. 매튜는 뭔가를
오랫동안 간절히 기다려온 사람처럼 웃으며,
전화를 받았다.

　네, 부인.

10

　영인이 도움을 청한 건 아이를 찾는 일이었다.
비서를 통해 백방으로 수소문했지만 찾을 수
없었고 퇴진안이 가결돼 이젠 이사장도 아니었다.
직접 나설 수도 없었다. 얼굴이 알려진 데다

여러 경로로 위협과 협박이 들어오고 있었다. 매튜는 바로 소재 파악에 착수했고 얼마 지나지 않아 알아낼 수 있었다. 매튜가 관여한 건이기 때문이었다. 영인을 만나기 직전 처리했던, 그래서 영인에게 이만하면 나쁘지 않은 거라고 말했던 그 사고와 아이가 연관돼 있었다.

여자아이 둘이 길가에서 서로 다투다 차도로 뛰어들었다. 그때 주행 중이던 슈마허가 한 아이를 쳤다. 차에 치인 아이는 즉사했다. 운이 없었다. 다른 여자아이가 슈마허에 더 가까웠는데 차가 급정거를 하다 보니 차체가 미끄러졌고, 죽은 아이는 거기에 받힌 것이다. 아이의 부모는 합의를 거부했다. 이상하다고, 단순한 사고가 아니라 슈마허에 문제가 있는 것 같다고 했다. 아이의 아빠는 영정 사진과 유골함을 들고 회사 앞까지 쳐들어와 끝까지 진상을 규명하고 아이의 억울함을 풀겠다고 했다. 엄마는 이게 다 자신들이 가난해서, 아이가 못사는 집 자식으로 태어난 탓이라고 울부짖으며 건물 앞에서 자해 시도까지 했다. 거짓말이었다. 매튜가 투입돼 아이의 행적을 조사하자 모두 드러났다.

두 사람은 아무 일도 안 했다. 세상은
지독하게 불의하고 불공평한데 사람들도
하나같이 자기밖에 모르는 미친놈들뿐이라
자신들처럼 온전하고 상식적인 사람들이 제대로
된 일을 할 수가 없다는 것이었다. 그래서 일을
한 건 아이였다. 노인들이 폐지 수거하듯 아이는
부유한 사립 초등학교나 아파트 단지를 돌며 쓸
만한 물건들을 배낭에 담아 집으로 가져왔다.
부모라는 인간들은 그걸 중고 사이트나 앱에
올려 팔았다. 아이를 학교에도 안 보냈다. 두
사람이 살고 있는 집도 실은 타인 소유의 빈집을
무단으로 사용해온 것이었다. 유골함도 가짜였다.
아이는 사고 당일 병원에 실려 가자마자 병원에
딸린 작은 화장로에서 소각됐다. 두 사람은 장례비
낼 돈 같은 건 없다고, 왜 국가가 장례비 지원을
해주지 않냐며 난동을 피우고 사라졌을 뿐이었다.
두어 줌밖에 안 되는 골분을 유기 단지에 담아
눈 내린 산기슭을 걸어 올라가 양지바른 곳에
뿌려준 사람도 장례식장에서 일하는 노인이었다.

두 사람은 다음 날에야 그 차가 슈마허이고
회사가 최대한 조용히 수습하려 한다는 걸 알았다.
어디선가 아이 이름을 새긴 사기 단지 하나를
들고 나타나 회사 앞에서 난동을 부렸다. 아무
일관성이 없었다. 무성의하기까지 했다. 잃을 게
없는 사람들이 하는 짓은 그랬다.

　매튜는 자신의 원칙대로 했다. 협상할 수
없는 사람과는 협상하지 않고 협상하려 하지 않는
사람은 협상할 수 없게 한다. 원칙대로 조치했고
그때는 아무것도 몰랐다. 단지 아이가 불쌍했고
마음이 아팠을 뿐이었다. 모두 영인의 부탁을 받아
추적하면서 알게 됐다. 죽은 아이가 영인에게
뛰어들었던, 바로 그 아이였다. 그날도 쓰레기통을
뒤지다 발견돼 도망쳐 나오던 것이었고
길거리에서 다른 여자아이와 시비가 붙어 다퉜던
것도 그렇게 쓰레기통에서 주워 나온 것 중
너무 예쁘고 마음에 들어 빼놓았던 키링이 그
여자아이가 잃어버린 것이기 때문이었다. 아이는
마치 죽을 운명인 것처럼 보였다. 그렇게 가까스로
사고를 피했는데 다시 사고를 당한 것이었으니까.

하지만 그렇지가 않았다. 지금까지의 일은 영화에나 나올 것 같은 우연처럼 보였지만 실은 시점의 문제일 뿐, 매튜가 회사에서 그 일을 하는 한 언젠가 마주할 수밖에 없는 필연이었다. 이번에도 슈마허가 둘 중 그 아이를 택했기 때문이었다.

슈마허는 가격표대로 움직였다. 노인보다 아이의 가격이 더 높다면 행색이 꾀죄죄한 아이와 값비싼 명품 브랜드 옷을 입은 아이 중엔 누굴까? 재호가 학습시킨 그때의 가격표가 아니었다. 영인의 사고 후 레이첼은 가격표를 작성한 프로젝트 부서를 소집해 노발대발했다. 명품을 휘감은 노인과 빈티가 줄줄 흐르는 애, 눈이 있으면 어느 쪽인지 뻔히 보이는데 어떻게 그걸 놓칠 수가 있냐고. 초고해상도 카메라가 열두 개 아니라 서른여섯 개가 달려 있어도 다 무슨 소용이고 저런 명백한 걸 놓치면 회사는 망하라는 뜻이냐고. 회사 망해서 직원들, 직원 가족들 다 길거리에 나앉게 만들려고 일을 이따위로 하는 거냐고. 팀장은 매튜에게 말했다.

애초에 왜 아이의 가격이 노인보다 높았는지 아냐고, 접촉했던 보험사에서 넘어온 자료가 있긴 하지만 한번 생각해보라고. 자식 잃은 부모와 합의하는 게 쉬울지, 부모 잃은 자식과 합의하는 게 쉬울지. 그런 얘기까지 한 건 매튜가 누구라도 흉금을 털어놓고 싶어 하는 입 무겁고 매력적인 사람이라서가 아니었다. 그 팀장도 뭐가 뭔지 몰라서, 이래도 되는 건지 이게 맞는 건지 점점 더 알 수가 없어서였다.

산기슭 아래로는 길고 너른 강이 서쪽으로 흘렀다. 아이의 골분을 뿌렸을 무렵에는 눈이 얼어 길이 빙판이었다는데 매튜와 영인이 갔을 때는 다 녹고 없었다. 하지만 풍경은 아직 겨울에 가까웠다. 메마르고 황량했다. 봄꽃들이 속삭임처럼 잘 보이지 않는 곳에서 작게 피어 있었다. 영인은 산자락을 끼고 도는 강이 은 선처럼 가늘게 소실되는 기슭 모퉁이에서 울음을 터트렸다. 아이가 가여웠고 자신과 이어진 우연이 운명처럼 기구했고 그런 부모가 있다는 게 너무 끔찍했다. 세상이란 잔혹하게 무차별했다. 삶도

비참하게 무력하고 무의미했다. 인생이 허망하고
허무하다는 건 권태처럼 나른한 감각이 아니었다.
몸서리쳐지는 것이었다. 사랑하는 것이 있으니까,
사랑해야 할 것이 있으니까. 아들과 남편이
떠올랐다. 두 사람을 잃고 처음 맞이한 저녁과
다음 날 아침이 떠올랐다. 왜 아침인지, 어떻게
아침인지 알 수 없었다. 빛을 보면서도 빛을 보고
있는 것 같지 않았다. 주방 창 앞에서 자신도
모르게 과도를 꽉 움켜쥐었던 어느 오후, 거의
아픔조차 느끼지 못하고 손등을 물어뜯었던 어느
새벽도 떠올랐다. '어느'라고밖에 할 수 없었다.
특정할 수도, 특정할 필요도 없었으니까. 두
사람을 잃은 뒤의 날은 매일이 하루처럼 똑같았다.
달라진 건 그날이었다. 아이가 자신의 중심으로
뛰어들었던 그날, 배 속으로 다시 들어오려는 듯
파고들었던 그날. 아이를 막아서려고 했다. 아이가
다치지 않아서 다행이었다. 그리고 자신을 끝낼
것처럼 달려오던 슈마허에 생생한 분노를 느꼈다.
그 분노가 일깨우는 자신의 존엄을 확인했다.
더는 착실히 죽어가는 여자가 아니었으니까,

생판 모르는 아이를 구하려 했던 여자였으니까.
그것들이 모두 아이가 뛰어들던 그 찰나에
자신에게 일어난 일이었다. 부모다운 부모조차
만나지 못한 아이가, 도망칠 곳이 없던 아이가
영인 안에게 영영 죽어버렸다고 생각했던 어떤
걸 다시 살리고 시작하게 만들었다. 기다리고
있었으니까. 살아 있기를, 사랑하기를. 기다리는
줄도 모르고 기다리고 있었다는 걸 영인은 이제
여기까지 왔기 때문에 알 수 있었다. 그게 영인을
더욱 울게 했다. 오랫동안 울지 못했고 다시는
그렇게 울어낼 수 없을 것 같던 크고 서러운, 아픈
울음이 영인에게서 모두 쏟아져 나왔다.

　매튜는 한 걸음 떨어진 곳에서 영인을
지켜보고 있었다. 영인의 울음이 어떤 건지 다
알지는 못해도 짐작할 수는 있었다. 더, 전부
다 울어내서 차라리 자기를 지금 이 자리에서
죽여버리라고 말하게 했던 그 응어리가 풀리면
좋겠다고 생각했다. 하지만 그뿐, 이제 어떻게
해야 할지, 이다음은 무엇이 되어야 할지는
묘연했다.

아이가 안타까웠다. 그 부모도 끔찍했다. 세상도 잔인하고 무정했다. 회사도 미쳐가고 있었다. 하지만 언제 안 그런 적이 있었나? 그걸 몰랐던 적이 있었나? 늘 가까운 곳에서 봐왔다. 단지 봐오기만 한 게 아니라 거기에 맞춰 사람들을 엮고 걸고, 한통속으로 묶거나 그럴 수 없는 사람들을 하나하나 떨어뜨린 다음 수수깡처럼 톡톡 잘게 부러뜨렸다. 왜, 뭐가 문제인가. 모두 그렇게 사는데, 다들 잘 먹고 잘 살기만 하는데. 말도 안 되는 병에, 어떻게 그렇게 잔인할 수 있을까 싶은 병에 하루하루 침식당해가는 애나도 있었다. 애나를 위해 일을 해야 했다. 멈출 수 없었고 멈춰서도 안 됐다.

돌아가는 차 안은 자욱한 흰 안개 같은 침묵이 가득했다. 매튜는 이제 어떻게 할 거냐고 영인에게 묻지 않았고 영인도 매튜에게 이제는 도움을 청할 게 없었다. 지금부터 영인이 하려는 일은 매튜의 이해관계에 반대되는 일이었고 영인이 요구할 수도, 매튜가 응할 이유도 없었다. 차는 시내를 달려 영인이 사는 주택 앞에 도착했다. 매튜가 차를 세우고 시동을 껐다. 매튜의 차는 이제 반쯤 유물 취급을 받는 가솔린차였다.

영인은 한숨을 내쉬었다. 많은 의미가 담긴 한숨이었다. 영인은 매튜에게 물었다. 이제 어디로 가나요.

일하러요.

영인은 마음을 담아 말했다. 고마웠습니다.

매튜는 고개를 끄덕였다. 무슨 말을 해야 할지 알 수 없었다. 좀처럼 그런 적 없었지만 지금은 그랬다. 매튜는 문득 눈에 띄는 걸, 실은 처음부터 궁금했던 걸 물었다. 왜, 손등이었나요. 매튜는 영인의 왼손을 보고 있었다. 손목이나 다른 데도 많이 있지 않나요. 꼭 그게 아니라도 되고.

영인은 왼손 주먹을 몇 번쯤 쥐었다 폈다 했다. 자신도 왜 하필 손등이었을까, 자문하듯.

곤란한 질문이라면 괜찮습니다. 매튜는 진심 어린 표정으로 영인을 봤다. 궁금했지만 어떤 것들은 모르는 편이 나을 때도 있으니까. 하지만 그렇게 묻고 나니 더 궁금했다. 어떻게 저렇게 매일 밤을 혼자 버틸 수 있었을까, 그 수많은 모욕과 단절, 고립을 견디면서. 영인이 한 말처럼 이미 살 만큼 살았고 고통도 당할 만큼 당했는데. 이건 매튜 자신을 향한 질문이기도 했다. 마지막 병원에서조차 똑같은 얘길 듣는다면, 아니면 다른 어떤 합병증으로 애나가 지금보다 더 심각해지거나 잘못되기라도 한다면 어떻게 해야 하는 걸까? 일어날 수 없는 일이 일어난 것보다 무서운 건 그런 일이 앞으로 얼마든지 더 일어날 수 있다는 걸 알게 되는 것이었다. 끝없는 두려움에 늘 떨어야 하는 일.

　　선열이는, 내 아들 이름이에요. 영인은 민망한 듯 웃었다. 그 이름을 소리 내 불러본 게 너무 오래전이고 더는 그럴 필요가 없다는 걸 알기 때문에 짓는 웃음이었다. 영인은 왼손 엄지손가락에 걸린, 반지처럼 보이는 것을 물끄러미 봤다. 쇠로 만드는 걸 좋아했어요. 스테인리스스틸, 크롬과 니켈을 넣어 녹이 안 생기는 쇠로 뭘 만드는 걸요. 독일어로는, 뭐라고 했는데 뜻이 멋있었어요. 영어로 노블(noble)과 비슷한 거였는데, 들었는데 잊어버렸네요.

에델슈탈(Edelstahl)이라고 해요. 고귀한
철이라는 뜻이죠.

맞아요. 고귀한 쇠, 선열이도 그 표현을
좋아했어요. 나는 그래봤자 쇠 아니냐고, 해도
고작 그런 걸 하냐고 했어요. 예쁘지도 않고
비싸지도 않고 가공하기도 어렵고 위험하고.
그런데도 걘 그러게요, 하고는 그만이었죠. 어쩌다
하루 오프인 날만 아니라 잠깐 몇 시간 짬이라도
나면 병원 근처 가공소에 가서 그걸로 뭘
만들었어요. 돈보다 잠이라는 의국 생활 하면서,
그것도 남들 아무도 안 가는 응급실 수련의를
하면서요. 내가 그러다 다칠까 봐 걱정된다고,
제발 잠이라도 좀 자고 나서 하라고 해도 듣질
않았죠. 애들은 크나 작으나 그래요. 부모
애간장을 기어이 녹여먹으면서 크는 것들이죠.

매튜는 피식 웃으며 고개를 끄덕였다. 늘 자기
말을 콧방귀로 듣고 베란다에 매달리던 애나를
떠올리며.

그러다 하루는 이걸 만들어 왔어요. 영인은
엄지에 걸려 있는 반지를 검지로 살살 돌리며

매만졌다. 반지예요. 스테인리스스틸로 만든
반지죠. 이걸 만들고 싶었다고 했어요. 반드럽고
아무 장식 없지만 확고하고 또렷하게 반지인
것, 반지 비슷하게 보이는 걸 만드는 건 쉽지만
이렇게 반지로, 은처럼 반짝반짝 예쁜 것도 금처럼
비싸거나 달라 보이는 것도 아닌 걸로, 뭔가의
부품처럼 보이는 게 아니라 반지이게, 반지답게
만드는 건 정말 어려웠다고요. 물었어요. 이걸 왜
그렇게 만들고 싶었냐고요.

　　매튜는 영인을 봤다.

　　너무 당연하다는 듯 말하더군요. 이게
필요했다고요. 거기, 응급실에 오가는 수많은
사람들, 다치고 죽어가고 심지어 겨우 살려났는데
다시 죽어서 들어오기까지 하는 사람들을 보면서
이런 게 필요했다고요. 예민해서 쉽게 변색하는
은도 아니고 물러서 쉽게 눌리고 박히는 구리도
아니고 변하지 않고 고귀해 보이지만 그래서
늘 교환의 가치만 갖는 금도 아닌 이런 쇠가
필요했다고요. 단단하고 녹슬지 않는, 쇠가. 아주
옛날엔 쇠가 금보다 더 비쌌다는 걸 아냐면서

내게 말했어요. 금이야말로 모두가 원해서 가장 덧없는 건지도 모른다고, 하지만 쇠는 어디에나 쓰일 수 있고 누구에게나 필요하다고, 응급실의 중요한 도구들도 다 이걸로 만든다고 하더군요. 이게 있어서 그 수많은 사람들이 산다고요. 그래서 이걸로 목걸이도 아닌 반지를 꼭 만들고 싶었다고 했어요. 반지는 약속이니까, 어쩌면 이 단단하고 녹슬지 않는 쇠야말로 가장 반지에 어울리는 것일지 모른다고요. 그 말을 들었을 때 내가 제일 먼저 한 생각이 뭔지 알아요?

뭔데요?

달라고 하면 줄까, 였어요. 영인은 웃었다. 정말 갖고 싶었거든요. 그런 이야기를 들으니까, 내가 하고 있는 금붙이, 은붙이가 너무 다 별거 아닌 거 같아져서요. 또 내 아들이 그걸 얼마나 열심히 만들었는지 나는 아니까요. 솔직히 정말 갖고 싶었어요. 참 주책없다 생각하면서도요.

매튜는 웃었다. 눈물이 돌 것처럼 웃겼다.

하지만 내가 그 말을 하기 전에 그 아이가 먼저 내 손에, 내 결혼반지와 나란히 끼워줬죠.

이걸 만들었을 때, 상상만 했던 걸 할 수 있다는
걸 알았을 때가 제일 기뻤고 그걸로 충분했다고.
그런 다음 제일 먼저 생각난 사람이 나였다고요.
있잖아요, 영인은 다시 그때가 눈앞에 선한 것처럼
환하게 웃었다, 정말 그런 걸 한번 체험해봐야
해요. 인간은 그런 말을 듣고 그런 얼굴을 보기
위해 산다는 걸 알게 되거든요. 모든 게, 지금껏
있었던 모든 불안, 괴로움, 힘들고 어려웠던 게
눈물조차 없이 다 사라지는, 보상받는 느낌조차
없이 그냥 다 받아들일 수 있게 돼요. 그 모든 게
다 필요했고 가치 있었다는 걸 비로소, 완전히
이해하고 인정할 수 있게 되는 거죠. 그 순간, 그
아이가 내 아들이라는 게 정말 자랑스러웠어요.
너무 사랑스러웠고 그래서 더 마음도 아팠어요.
얼마나 외롭고 괴로웠으면, 술 취한 사람부터
아무 이유 없이 누구한테 맞고 어딘가에 받히고
치여서 실려 온 사람, 쓰러진 사람, 자살 시도가
습관인 사람까지 다 겪으면서, 겪어봐서 그걸 만든
거잖아요. 힘들어, 죽겠어 그 말조차 안 나오는
밑바닥까지 혼자 내려가서요. 이걸 내가 받아도

되나 싶은, 그런 마음이 들었어요. 그래서 일부러 내색 안 하고 나중에 여자 친구 생기면 줘야 하는 거 아니냐고 했어요. 그랬더니 그놈이 뭐라고 했는지 알아요?

여자 친구한텐 비싼 거 사줄 거라고 했겠죠.

영인이 웃으며 고개를 끄덕였다. 반짝거리고 예쁜 거, 제일 비싼 건 아니더라도 자기 눈에 제일 예쁜 걸로 사줄 거라고 했어요. 그게 웃기고, 그렇지 싶으면서도 또 조금 서운하기도 하고, 참. 그렇죠, 그랬어요. 자식이란 오만가지 감정을 다 느끼게 해요. 정말 우릴 들었다 놨다 하죠. 그래서 살아 있다고, 이런 게 사는 거라고 느끼게 해주는 거겠죠. 온갖 맛을 다 보는 게 사는 거라고요.

매튜는 웃었다.

원래는 약지에 끼고 있었어요. 조금 작은 편이었어요. 잘 빠지지 않았고 그래서 좋았죠. 하지만 이젠, 영인은 매튜를 봤다. 여기 이 손가락에서만 빠지질 않아요. 그 일은 내게 그런 일이었고 인생도 세상도 그런 일이, 일어나요. 아무리 아니라고 해도, 아무리 고개를 돌려도 우리는 모를 뿐이고 실은 우리만 모를 뿐이죠.
인생은 사랑할 가치가 없어요. 세상도 사랑할 가치
같은 건 없어요. 사랑은커녕 살 만한 가치조차
없는 게 세상이고 인생이에요.

　　매튜는 가만히 입을 벌렸다. 한숨이 무거운
연기처럼 흘러나왔다.

　　잃어보면, 나처럼 잃어봐야 알 수 있는 거죠.
아무 의미도 값어치도 없는 거라는 걸, 사실
그게 의미나 가치가 있었던 적도 없었다는 걸요.
내가 세상을, 인생을 사랑한 적조차 없었다는
걸요. 아무것도 없었죠. 사랑하는 사람을 찾기
전까진요, 온 힘을 다해서라는 의식조차 없이
내 전부로 사랑하기 전까진요. 내가 사랑한 건
인생이나 세상 같은 게 아니었어요. 사람이었죠.
내가 사랑하는 사람들을 위해, 그 사람들 때문에
내 인생도, 세상까지도 사랑하려고 했었죠. 날
지치고 두렵게 하는 사실과 진실들을 안 보고
못 본 척하면서까지요. 영인은 매튜를 봤다.
하지만 그렇게 사랑한 것마저 잃을 수 있어요.
아무 이유 없이요. 말했듯 그게 세상이고, 그게

인생이니까요. 하지만, 정말 고통스러운 건 그 고통이 다른 수많은 고통과 다르기 때문이에요. 그 고통엔 의미가 있죠. 아무도 몰라도 나는 아는, 나한테는 전부이고 모든 것인 의미가요. 영인은 떨리는 한숨을 내쉬었다. 사랑하는 사람들만이 고통을 알죠. 사랑만이 고통에도 의미를 주니까요. 그 고통엔 의미가 있어 더욱 고통스러우니까요. 하지만 그렇기 때문에 그 고통을 견디는 것도 의미가 있는 거예요. 무의미하기만 한 고통은 그걸 겪고 견디는 우리들까지도 무의미하게 만드니까요. 오로지 휘몰아치는 고통만이 있을 뿐이고 우리도, 다른 모든 것도 거기에 이리저리 휘날리기만 하는 티끌들인 거예요. 영인은 쓸쓸히 창밖을 봤다. 내 나이쯤 되는 사람들은 다들 그러죠. 자기 인생을 쓰면 책 한 권은 너끈히 될 거라고. 하지만 그 책의 대부분은 지루하고 하찮기만 할 거예요. 아무 의미가 없거든요. 사랑한 시간들만이, 우리가 사랑한 것들에 대한 이야기만이 의미가 있어요. 사랑이 우리들에게마저 의미를 주니까요.

우리 자신의 선택과 무관하게, 그저 부모에게서
만들어지고 태어났을 뿐인 우리에게 의미를
주는 게 사랑이에요. 강아지도 고양이도 받는,
누가 주는 사랑을 받아서가 아니라 우리 스스로
고통에까지 의미를 새겨 넣으며 누군가를 사랑할
때 우리에게도 의미가 새겨져요. 누가 우리에게
새긴 게 아닌, 우리 스스로 자신에게 새겨 넣는
의미가요. 그래서 우리에게 이런 게 필요한
거예요. 빛나지 않지만, 값비싸지도 않지만,
그래서 누구라도 어디에서라도 우리를 지켜주고
버티게 해주는, 단단하고 녹슬지 않는 것이요.
영인은 웃었다. 이거였어요, 이걸 꼭 쥐고 있었죠.
무릎을 꿇고 웅크린 채 더는 울 수 없이 울면서도
이걸 꼭 쥐고 있었기 때문에, 이걸 놓을 수가
없었기 때문에 내가 물어뜯은 건 손등이었어요.
손목이 아니라.

매튜는 창밖으로 고개를 돌렸다. 눈을 감았다.

영인은 초연히 웃었다. 선열이 친구들한테서
연락이 왔어요. 뉴스를 보니 너무 걱정되고 마음이
쓰여서 연락했다고, 괜찮냐고 안부를 물었어요.

그게 다였죠. 걔들을 제외하고 거기에 적힌 모든 사람이 그런 안부로 시작하거나 그걸로 시작조차 하지 않고 내게 욕과 저주를 퍼부었는데도요.

영인은 매튜를 봤다. 자, 이제 나도 궁금했던 걸 하나 묻죠. 왜 걔들을 가만히 뒀나요?

성과는 냈으니까요. 일이란 성과를 내주면 자기를 내주진 않아도 되는 거니까요. 매튜는 앞에 시선을 둔 채 입을 다물었다. 당연한 것이었다. 일을 하는 거지 몸을 파는 게 아니니까. 당연한 게 되기까지 다 해봐야 했지만, 운 좋게 마지막 선은 넘기지 않을 수 있었기 때문이었지만.

고마워요. 영인은 매튜의 손을 잡았다. 정말 고마워요.

매튜는 영인을 봤다.

그래서 매튜 씨에게 연락할 수 있었어요. 정말 마지막까지 갔는데, 이제 여기서 그만하자고 그랬는데, 걔들한테 연락이 왔어요. 차마 무서워서, 너무 겁이 나서 나는 연락도 못 하고 있었는데. 걔들이 누구보다 나한테 미안한 사람들이었으니까. 그 연락을 받고서야 내가

안다고 생각했던 걸, 매튜 씨가 어떤 사람인지를
비로소 믿을 수 있었죠. 영인은 젖은 눈으로 활짝
웃었다. 다시 한번 매튜의 손을 굳게 잡고는
엄지손가락의 반지를 뺐다. 매튜의 손에 쥐여줬다.

왜……?

잃어버리지 않으려고요. 이제는 영영
잃어버리지 않으려고요.

매튜는 이해가 안 간다는 듯 영인을 봤다.

잃지 않으려면 두 가지 방법뿐이죠. 애초에
가지지 않거나 다른 사람에게 주거나.

매튜는 손안에 있는 쇠 반지를 봤다.

준다는 건 자기 것이기만 하지 않다는 걸
인정하는 거예요. 내 아들이 금도 은도, 또
구리나 다른 어떤 것도 아닌 이 쇠로 반지를
만든 이유고, 그렇게 애서 만들고는 내게 줬던
이유도 그것이라고 나는 생각해요. 나는 알아요.
매튜 씨가 사랑하는 사람이고 사랑할 줄 아는
사람이라는 걸요. 사랑하고 사랑할 줄 아는
사람들만이 고통을 알고 그 고통에 의미가
있다는 것도 알아요. 알 수밖에 없으니까요.

사랑할 때 우리가 결국 동등할 수밖에 없는 것도 그 때문이죠. 겹겹이 치는 파도 같은 세상의 무의미 속에서 사랑을 하고 있는 사람으로서도, 오직 자신에게만 의미 있는 것이라서 더욱 외롭고 괴로운 고통을 겪는 사람으로서도 우린 다 똑같아요. 그리고 그렇기 때문에 우리에겐 어떤 것도 자기 것이기만 하지 않아요. 똑같이 사랑하고 있고 그래서 똑같이 고통을 견디고 있으니까요. 우리는 다 고생하며 사랑해요. 그렇게 고생하면서도 사랑을 놓지 않고 놓지 못하는 것, 그게 우리예요. 내가 이해하는 박애의 의미, 평등의 의미도 그거죠. 사랑은 누구에게나 어디에나 있고 우리는 행복 속에선 서로 다를지 몰라도 고통 속에선 동등해요. 영인은 간직해달라는 듯 매튜의 손을 감싸 쥐었다. 늘 답은 있어요. 의미가 있다는 게 답이 있다는 뜻이니까요. 정해진 답은 없지만, 우리가 사랑하는 건 다 다르지만, 그럼에도 우린 사랑을 하고 그래서 답도 있어요. 우리는 이미 다 알아요. 다만 아는 걸 믿기까지는 시간이 필요하고 과정이

필요할 뿐이죠. 우리가 해야 할 건 그냥 밀고
나가는 거예요. 그만두지 않고 끝까지, 아무리
오해받고 모욕당해도, 외면받고 상처 입어도 우릴
밀고 나가는 거죠. 계속, 멈추지도 물러서지도
않고. 그럴 수 있어요. 우리에겐 단단하고 녹슬지
않는 게 있고, 이렇게 작은 걸로도 충분히 그럴
수 있을 만큼 우린 단단하고 녹슬지 않을 수
있으니까요. 아니, 단단해지고 녹슬지 말아야 할
이유가, 책임이 우리한텐 있으니까요. 사랑하는
사람이 있죠, 사랑해야 해요. 누가 시켜서가
아니라 우리 스스로, 우리의 전부가 그걸 원하기
때문에요.

영인은 잠시 가만히 매튜를 응시했고 차에서
내렸다. 혼자 걸어갔다.

11

매튜는 모두 꿈이었던 것 같았다. 얼마 만에
자는 깊은 잠이었는지 알 수도 없을 만큼 푹
자고 난 뒤였고, 보이고 들리는 모든 것이 평소와

같았다. 일요일 아침, 창문 너머의 새소리, 암막
커튼 사이로 새는 빛. 하지만 커튼을 열어젖히자
협탁에 놓인 쇠 반지가 보였다. 매튜는 반지를
집었다. 전날처럼 가만히 손바닥에 놓고 쥐어봤다.
손이 아플 때까지, 단단함이 파고들듯 손으로,
살로 느껴질 때까지 꽉. 울컥 울음이 치밀었다.
어제는 울지 못했던 울음이 터져 나왔고 그
울음과 함께 솔직해질 수 있었다. 영인에게 했던
그 일들이 얼마나 하기 싫은 것이었는지, 영인이
느낄 고통이 얼마나 생생하고 두려웠는지, 알고
있었으니까, 처음 만났을 때부터 이미 알 수
있었으니까. 영인이 사랑을 알고 그래서 고통도
아는, 자신과 똑같은 사람이라는 걸. 그래서 매일
밤 거길 갔던 것이었다. 기다림만이 아니라 영인이
버티고 견디길 바라는 기도로. 만약 영인에게 어떤
일이라도 생긴다면 자기 자신을 용서하지 못할 것
같았으니까. 아무리 애나 때문이라고 해도 그런
일을 그렇게까지 했다는 걸 영원히 잊지 못했을
테니까.

　하지만 이제 어떻게 해야 할까, 이다음은

무엇이어야 할까? 여전히 알 수 없었다. 고요한
방 안의 침묵처럼 아무것도 알 수가 없었다. 돈을
벌어야 했다. 애나를 다시 미국의 병원에 데리고
가야 했다. 다른 선택이 뭐가 있나? 2년이었다.
처음에는 금방 예쁜 새처럼 다시 노래 부를 수
있을 거라고, 별거 아니니 아무 걱정 말라고
애나에게 말해줬다. 그다음에는 조금 시간이
걸리지만 치료해줄 선생님을 찾을 수 있을 거라고,
선생님만 찾으면 다 괜찮아질 거라고 말해줬다.
그다음에는 해줄 수 있는 말이 없었다. 애나는
자꾸 변해가는 자기 목소리가 무섭고 싫어서
매일 밤 발작하듯 비명 지르며 울어댔고 매튜는
애나를 꽉 끌어안는 것 말고 할 수 있는 게 없었다.
아빠가 낫게 해줄 거라고, 아빠가 어떻게든 다
낫게 해줄게 수없이 말했지만 그건 말이 아니었다.
신음이고 비명이었다. 아팠으니까, 온몸이
조각조각 바스라지는 것만큼 아팠고 그렇게
아픈데도 바스라질 수는 없었으니까. 끝내 그러고
싶지 않았으니까. 그래서 신음이었다. 비명이었다.
사람뿐 아니라 짐승들도 내는 소리.

얼마 전 애나에게 다시 미국에 있는 병원으로 갈 거라 얘기했을 때 애나는 웃었다. 아주 아프게, 매튜가 결코 잊을 수 없게. '괜찮아, 아빠' 해주듯 모든 걸 수긍하는 웃음, 난파한 구명정처럼 병원과 병원을 끝없이 떠도는 것 말고 아빠에게 아무 방법이 없다는 것까지 다 받아들이고 이해하는 웃음이었다. 그래서 매튜는 도저히 참을 수가 없었다. 대체 왜 고작 열한 살짜리 여자애가 무력한 아빠를 이해까지 해야 하는지, 아무 이유 없이 목소리를 잃는 병에, 어쩌면 더 심각해질 수 있는 병에 시달리면서 아빠를 배려하기까지 해야 하는지, 분노도 아닌 증오가 치밀었다. 누구에게 풀 수도 없어서 더 마음을 들쑤시는 증오였다. 매튜는 쇠 반지를 내려놓았다. 자리에서 일어나 거실로 나갔다.

매튜는 방처럼 고요한 거실을 가로질러 애나의 방으로 갔다. 밥을 먹여야 하니까, 어제와 똑같은 하루를 보내야 하니까. 매튜는 노크했다. 답이 없었고 이젠 자주 있는 일이었다. 애나는 자기 목소리를 싫어했다. 대답뿐 아니라 소리를 내려고도 하지 않았다. 매튜는 문을 열었다.

애나는 무버에 앉아 고글형 컴퓨터를 쓴 채
뭔가를 하고 있었다. 춤인지 손짓인지를 따라
하는 중이었다. 매튜는 지켜보고 있었다. 애나가
자기 쪽을 보며 점점 더 빠르고 격하게 어떤
손짓을 반복하고 있었지만 그게 뭔지 매튜는 알
수 없었고 별로 알고 싶지도 않았다. 언제 멈추게
해야 할지 그 생각뿐이었다. 결국 참다못한
애나가 고글을 벗고는 답답하다는 듯 쉬고 갈라진
목소리로 말했다. 아빠, 내가 지금 말하고 있잖아!

매튜는 애나를 쳐다봤다.

아빠, 애나가 손짓했다. 내가, 애나가 또
손짓했다. 계속 물어봤잖아, 다시 손짓. 우리 아빠
잘 잤어, 하고! 아주 크고 격렬한 손짓.

매튜는 그제야 그게 수화인 줄 알았다. 하지만
기쁘지가 않았다. 슬프지도 않았다. 뭐라고 할 수
없는 수많은 감정이 일거에, 핏덩어리처럼 치미는
걸 느낄 뿐이었다. 매튜는 그것을 가까스로 삼키며
물었다. 이건 어떻게 배웠어?

아리스토텔레스! 애나는 자기 목소리가 싫어

고개를 절레절레 흔들고는 태블릿 컴퓨터에
타이핑을 쳤다. 아리스토텔레스가 다 가르쳐줘.
완전 잘 가르쳐줘.

왜 그걸 배울 생각을 했어?

얘기를 해야 하잖아, 아빠랑! 애나는 소리 내
타이핑했다.

다시 핏덩어리 같은 게 치밀었다. 매튜는 겨우
물었다. 아빠랑, 얘기가 하고 싶어?

아빠, 잘 못 잤어? 더 잘래?

매튜는 고개를 저으며 애나를 안았다. 애나의
숨소리가, 고양이처럼 갸릉갸릉 하는 소리가
떨림으로, 온기로, 그 작디작은 몸피로 느껴졌다.
매튜는 미안했지만 미안하다는 말로는 다할
수 없는 감정을 느꼈다. 그저 장면들이 지나갈
뿐이었다. 자존심 강한 애나가 혼자 수화를
배우기로 하고, 같은 영상을 수없이 돌려보며
따라 하려 애쓰고 그러다 왜 지금 자기가 이걸
해야 하는지 서러워 혼자 울었을, 또 뭔가가
비슷하게 되는 것 같아 혼자 웃기도 했을 장면과
이렇게 뿔이 날 만큼 자신에게 보여주려고 벼르며

연습하다 손에 쥐도 나고 힘들어 지쳤다가도
아빠가 얼마나 놀랄지 키득키득거리며 다시
시작하기도 했을, 그 모든 장면이 눈앞에서
본 것처럼 선했다. 사랑만큼 알게 해주는 건
없으니까. 사랑만큼 강력하게 상상하게 해주는
건 없으니까. 애나에 대한 공포와 불안이 사랑의
그 능력에서 비롯했기 때문에 그처럼 생생하고
고통스러웠던 거니까. 애나의 병이 얼마나 더
나빠질지, 치료해줄 사람을 찾을 수 있을지,
지금은 없는 치료법이 새로 발견될지, 그때까지
애나는 어떨지 자신은 또 어떨지 그 모든 것은
결국 공포와 불안이고 결국 환영이었다. 반면
매튜가 알 수 있고 알아야 하는 사실과 진실들이
아주 가까운 곳에, 원래 있어야 하는 그 자리에
온전히 자리 잡았다. 애나는 언제나 애나였다.
목소리를 잃어도 또 어딘가가 불편해지고
달라지더라도, 설령 더는 존재하지 않더라도
여전히, 영원히 자신의 딸이었다. 어떤 것도 그걸
부정할 수는 없었고 애나가 너무나 당연하게
말했듯 매튜에게 애나는 대화하고 싶은 사람,

마지막까지 말하고 안아주고 어루만지고 싶은
유일한 사람이었다. 그 마지막이 애나의 것이든,
매튜의 것이든. 그러므로 모든 걸 다해 가져야
하고 지켜야 할 건 이 시간이었다. 애나와 함께
있는, 애나를 실감하고 간직할 수 있는 이 시간.
어디에 있는지 지도에서나 알 수 있는 먼 곳의
병원들이 아니라 이미 수많은 추억이 깃든 이
집에서의 시간이어야 했고 수화로 하는 대화
역시도 그 추억들의 하나가 되어야 했다. 더는
환영들을 두려워하는 데 시간을 낭비해서는
안 됐다. 공포와 불안을 감당해야 했다. 그것을
감당하는 고통까지도 감당해야 했다. 시간을
돈으로 살 수 없는 건 시간의 대가가 바로 공포와
불안뿐 아니라 그걸 감당하는 고통까지이기
때문이었다. 돈으로 공포와 불안을 지울 수는
있었다. 뭔가 하고 있다고, 계속 자기를 속일
수 있는 건 돈이 있기 때문에 가능하지만 실은
돈마저 낭비하는, 시간과 함께 모든 걸 더욱
낭비하고 나약하게 만드는 것에 불과했다.
고통까지 시간의 대가라는 건 결국 사랑이,

사랑이 주는 기쁨과 즐거움까지가 시간의 가치라는 뜻이었다. 그게 의미였다. 시간이 단지 고통을 위한 게 아니라는 것, 사랑 때문에 고통이 있다는 것. 그리고 고통이 있기 때문에 사랑을 더욱 움켜쥘 수밖에 없다는 게 답이었다. 이 시간을 고통 따위에 놓아버릴 수는 없으니까. 수화라도 배워야 할 만큼 다른 모든 수단을 동원해서 뭐라도 해야 하고 할 수밖에 없을 만큼, 사랑하니까 그게 사랑이니까. 시도나 노력 같은 걸 안 한다는 뜻이 아니었다. 아무리 해도 달라지지 않는 헛된 질문을 그만두게 해주는 것, 그게 답이었고 그런 답은 사랑이 줬다. 그 어떤 것보다 강력한 환영을 주지만 그 어떤 것보다 강력하게, 그것이 환영임을 가리키는 게 또한 사랑이니까. 매튜는 비로소 자신이 몰랐던 그다음이라는 것을 알 수 있었다. 이제부터 모든 다음이 시작할 지점이 되어줄, 첫 번째의 다음.

며칠 뒤 매튜는 회사를 사직했다. 영인을 만나 함께 회사를 상대로 소송을 진행하기로 했다. 애나와는 매일 아침 같이 수화를 공부했다.

정확히 말하자면 애나가 가르치고 매튜가 배우는 것이었다. 한 번씩 아리스토텔레스가 도와줬다. 매튜가 녹음해뒀던 애나의 음성 파일들을 아리스토텔레스에게 학습시켜 아리스토텔레스는 이제 애나의 목소리로 말했다. 그 목소리에 애나는 자주 웃었고 매튜는 다시 실감할 수 있었다. 자긴 그냥 애나가 그렇게 웃으면 행복한 사람이라는 걸. 반지는 애나의 엄지에 끼워져 있었다. 매튜가 애나에게 준 것이었다. 매튜도 이제는 그걸 영영 잃어버리고 싶지 않았으니까.

12

    슈마허는 그래프 축의 단위를 바꿔야 할 정도로 많이 팔려 나갔다. 슈마허를 타는 건 이제 최신 기술의 자동차를 타는 것만을 의미하지 않았다. 새 시대의 가장 합리적이고 상식적인 일이 돼 있었다. 소비자가 할 수 있는 가장 선하고 정의로운 일 중 하나가 돼 있었다. 소셜미디어에서, 뉴스와 토론 방송에서,

흡연 구역이나 카페, 식당과 술집에서 모두가 슈마허에 대해 얘기했고 회사로는 청원들이 빗발쳤다. 학교 앞에서는 아예 30킬로미터 이상 속도를 낼 수 없도록 만들어달라, 고속도로 1차선에서는 100킬로미터 이하로 달릴 수 없도록 만들어달라, 방향 지시등 안 켜면 추월을 못 하게 해달라. 각자 자신들이 생각하는 비상식적이고 불합리한 것들을 시스템상에서, 슈마허 차원에서 금지시켜달라는 내용이었다. 레이첼의 위상도 이전과는 비교할 수 없었다. 선하고 정의로운 기업인, 몰상식과 불합리뿐 아니라 도로 위의 광기와 야만, 폭력과 투쟁하는 여성이 돼 있었다. 강연, 인터뷰가 잇따르고 다큐멘터리가 제작됐다. 주가는 하늘로 치솟았고 레이첼은 단지 기업인이 아닌 유명인, 스타가 됐다.

레이첼은 미래기획실이라는 거창한 이름의 직속 부서를 신설했다. 사람들이 슈마허에 요구하는 청원들을 선정해 구체화하는 팀이었다. 선정의 우선순위는 단연 화제성이었다. 그래야 슈마허와 회사, 나아가 레이첼의 위상까지 더욱 높고 공고해질 테니까, 애초에 그러기 위해 미래를 기획한다는 팀명을 지은 거니까. 하지만 선정한 항목들을 재호에게 넘기며 레이첼은 그게 집단지성과 우리 시대의 우선순위라고 했다. 일정을 짜봐. 순서 지켜서, 단지 중대한 수준이기만 한 게 아니거든. 거기엔 기승전결의 이야기가 있어. 재호, 공대 출신이라 어렵겠지만 그 이야기에 한번 귀를 기울여봐. 집단지성이 들려주는 절실하고도 희망찬 노래를. 그게 우리 시대야. 모두가 더 선하고 아름다워지기 위해 연대하며 서사를 창조해나가는 우리의 대서사시대(大書史時代). 레이첼은 화장 분 같은 형용사만 덕지덕지 처바른 정치인의 화술로 말했다. 재호는 간결하고 명료하게 대꾸했다. 무슨 이야기 따위로 현실이 바뀌는 게 아니라고, 명백한 건 회사가 입법기관이 아니고 슈마허도 인공지능일 뿐 자경단 같은 게 될 수 없으며, 되어서도 안 된다는 사실이라고. 하지만 레이첼은 다소 불쾌한 기색까지 더해, 안타깝다는 듯 재호를 쳐다볼 뿐이었다.

재호, 나도 법을 만들잔 얘기 같은 걸 하는
게 아냐. 거기에 적힌 것들도 범죄가 아니고.
레이첼은 재호를 쳐다봤다. 그래서 우리가 할 수
있는 거야. 우리가 해야 하는 거고. 사람들한테
필요하니까, 사람들이 우리한테서 이걸 원하니까.
엔지니어잖아, 기술자잖아? 좀 더 미래적으로
생각할 순 없어? 세상을 더 나은 곳으로 만드는 게
기술의 힘이고 우리의 사명이잖아.

재호는 대꾸하지 않았다. 더는 자기가 아는
세희가 아닌, 레이첼을 빤히 들여다봤다.

세상은 위험한 곳이에요, 시시각각 불안하고
위태롭죠. 테드였다. 테드는 이제 세희가 주관하는
모든 중요 미팅에 참석했다. 재호, 우리는 전쟁과
자연재해가 끊이질 않는 시대에 살고 있어요.
이미 그렇게 돼왔고 앞으로 더욱 그럴 테고요.
나는 재호의 망설임을 이해해요. 규율을 만드는
건 전통적인 회사나 기술의 역할이 아니었죠.
하지만 인식을 조금만 열어줘봅시다. 뭐가 그렇게
나쁜 거죠? 우리가 매일 하는 그 운전에서라도
조금이나마 안전해지고 평화로워지는 거잖아요.

사람들이 그걸 원하는 게 나쁜 일인가요? 안전과 평화가 나쁜 건가요? 혹시 우리가 너무 전통적인 영역과 인식에, 어떤 고정관념에 머물러 있는 건 아닐까요?

테드, 그렇게 하나하나 다 떠먹여줄 것도 없어요. 레이첼이었다. 재호, 그냥 쉽게 생각해. 우린 예전의 우리가 아냐. 어제오늘 나한테 슈마허 바로 인도받게 해줄 수 있냐고 연락한 사람들이 몇 명인 줄 알아? 그중에 국회의원만 몇 명인 줄 아냐고? 재호, 세상은 규칙대로 돌아가는 곳이 아냐. 규칙을 만드는 사람들 뜻대로 돌아가는 곳이지. 재호, 우리 이제 공장 지을 거야. 수요를 도저히 감당할 수 없거든. 그게 무슨 뜻일 것 같아? 내가 수많은 일자리를 만들어낼 거란 뜻이야. 그 일자리만큼의 표와 세금도. 재호, 레이첼은 부탁하듯 바라봤다, 머물러 있지 마. 우린 진화해야 돼. 단순히 변화에 적응하는 게 아니라 진화해야 한다고.

재호는 가만히 웃었다. 진화가 바로 단순히 변화에 적응하는 거라고, 더 나아진다는 의미가 아니라 단지 뭔가를 얻기 위해 뭔가를 버리는 것일 뿐이라고 고쳐 말해주지 않았다. 레이첼의 말대로 이제는 예전의 우리가 아니었으니까.

레이첼이 분 냄새 진동하는 미사여구부터 갖다 바르는 것도 뭘 몰라서가 아니었다. 선택했기 때문이었다. 자신을 신뢰하기 위해 사람들을 속이기로, 사랑받는 사람이 되기 위해 세상을 혐오하기로. 거기엔 재호도 포함돼 있었다. 레이첼은 미팅에 재호만 부른 게 아니었다. 재호의 직속 팀장인 제프도 불렀고 이제 재호가 아니라 제프에게 방금 전의 목록을 내밀며 이야기를 나누고 있었다.

매튜가 말했던 그 달라진 가격표를 슈마허에게 학습시킨 것도 제프였다. 재호는 전혀 모르고 있었고 매튜가 확인차 자신을 찾아와 사실을 말했을 때도 좀처럼 믿지 못했다. 명백한데도, 제프의 접속 기록이 있고 자신을 제외하면 슈마허를 학습시킬 수 있는 사람은 제프밖에 없는데도 그랬다. 제프가 단지 첫 부하 직원이자 가장 신임했던 동료이기만 해서가 아니었다. 세희가 자신을 그렇게나 따돌렸다는 게 도저히 믿기지 않아서였다. 하지만 그게 사실이고 진실이었다. 믿든 믿지 않든 눈앞에서 벌어지고 있는 사실. 레이첼과 제프는 재호를 없는 사람처럼 제쳐놓고 실무를 논의하고 있었다. 테드는 옆에서 득의만만하게 그걸 보고 있었고.

그때 매튜는 덤덤히 말했다. 제프가 변하지 않을 거라고 생각하는 게 오히려 이상하지 않냐고. 회사에 있는 모두가 레이첼을 숭배하는데, 그 눈에 들고 싶어 안간힘을 쓰는데 왜 굳이 아니라고 생각하냐고. 슈마허에 대해서도 말했다. 처음에는 노인과 아이를 구분했고 이제는 비싼 옷을 입은 아이와 그렇지 않은 아이까지 구분했으니 다음은 뭘 거 같냐고. 그건 재호가 더 잘 알았다. 인식칩. 칩이 있으면 더 비싼 옷, 싼 옷, 나이가 많고 적고 그런 표면적인 걸 애써 구분할 필요도 없었다. 바로 나오는 것이었다. 맨 처음 세희가 말했던 그 바코드처럼. 몸에 심고 자시고 할 것도 없었다. 명품 브랜드 같은 걸 하나 인수해서 로고나 그 제품에 박아 넣으면 되는 것이었다. 비쌀수록 좋을 터였다. 그러면 더 가지려 할 테고 그렇게 가질수록 더 확실하게 구분이 되니까. 물론 금방 되진 않을 일이었다. 하지만 그렇게 오래 걸릴 것 같지도 않을 일이었다.

　재호는 선택을 해야 했다. 하지만 이미 테드가 말한 것처럼 가족이 있었다. 문제 제기를 원하는 사람도 없었다. 이제는 모두가 말 그대로 슈마허를 사랑하고 원했다. 게다가 슈마허는 수출 교섭 중에 있었다. 각국 정부, 감독 기관과 협의가 끝나는 대로 전 세계에 팔려 나갈 것이고, 국내 굴지의 대기업들과 어깨를 나란히 하는 국가적 수출 기업이 되는 것이었다. 회사와 슈마허의 오점을 알기는커녕 보고 싶어 하는 사람도 없었다. 못 본 척, 아닌 척 넘어가줄 사람만, 이유만 늘었다. 레이첼 역시 그 누구보다 알았고, 또 원했다. 걸린 판돈이 점점 커지고 있었으니까. 재호는 알 수 있었다. 지금은 자기를 무시하는 정도지만 여기서 더 엇나가면 그다음은 축출이 될 거라는 걸. 자기 역시 오해이자 음해가 될 터였다. 이미 누차 해왔듯 표본, 박제로 만들 터였고. 아마 이전 어느

때보다 가차 없이, 혹독하게 그럴 것이다. 재호는
최측근이자 이른바 개국공신이니까. 그래서
회사의 그 누구보다 전시효과가 확실할 테니까.

현실적인 방법은 조용히 물러나는 것이었다.
건강이나 가정생활 같은 적당한 핑계를 대고
몇 가지 서류에 서명하면 레이첼도 후하게
보상하면서 기꺼이 놓아줄 터였다. 가족을
위해서나 재호 자신을 위해서나 가장 좋은
선택이었다. 하지만 그건 그것대로 내키지 않았다.
그렇게 놓아준다고 자신도 슈마허를 놓아버리면
결과는 뻔했다. 슈마허는 레이첼과 회사를 위한
도구가 될 테고 지금은 사람들을 태워주지만
결국엔 사람들 위에 걸쳐지는 안장이 될 터였다.
다들 슈마허에 길이 들 테니까. 지금처럼 슈마허가
계속 팔리고 도로들이 점령당하면 사람들은 더욱
슈마허에 의존할 수밖에 없었다. 회사 역시 그렇게
되도록 만들어갈 테고. 그렇게 가두고 길을 들여야
지속적이고 안정적인 이윤을 창출할 수 있으니까.

그렇다고 대단한 공포를 느끼거나 암울한
미래 같은 걸 상상한 건 아니었다. 여기까지도

가랑비에 옷 젖듯 온 것처럼 거기까지도 천천히 끓어오르는 냄비처럼 갈 터였다. 어쩌면 그래서 더 무서운 건지도 몰랐다. 하지만 반드시 생각대로 될 거란 보장도 없었다. 늘 그렇듯 세상은 어딘가로 어긋나고 비껴가기 마련이니까. 다만 분명한 건 슈마허가 그렇게 된다는 게, 고작 그것밖에 안 된다는 게 재호는 싫었다. 대체 싫기까지 할 게 뭐냐고, 최초의 수정은 자기 손으로 하지 않았냐고 자문해도 그런 마음이 드는 걸 어쩔 수 없었다. 더 잔혹하게, 터무니없게 바뀌었다는 것뿐 아니라 제프의 손에, 또 세희의 입김에 자신도 모르게 바뀌었다는 게 재호를 참을 수 없게, 참고 싶지 않게 만들었다. 순리대로 하는 게 최선이라고, 돈도 충분하고 나이도 먹을 만큼 먹었으니 이만하면 됐지 않냐고 스스로 타일러봐도.

　병원에 다녀온 후 아내는 예고한 대로 매일 저녁 아들과 대치했다. 짧으면 30분, 길면 한 시간. 말이 안 됐다. 매일 그렇게 한다는 게, 그것도 먹이고 챙기고 입혀야 하는 여덟 살짜리 아들과 그런다는 게. 하지만 아내는 했고 아들과 타협하지

않았지만 그 대치가 타성이 되도록 내버려두지도
않았다. 매번 진지했고 엄숙하기까지 했다.
그래서 하고 나면 진이 빠져 했다. 아무 말 없이,
끝까지 일어나 한 걸음도 걸어주지 않는 아들이
무버에 탄 채 방으로 들어가고 나면 아내는
털썩 주저앉았다. 결국 앓아누웠다. 입가와 턱에
포진까지 잡혀서.

　　더 기가 막힌 건 아들이었다. 아내가
그렇게까지 하는데도 져줄 마음이 없었다. 이전에
엄마 도움을 받던 것까지 기어이 제 손으로
하면서 고집을 세웠다. 재호에게 의존하지도
않았다. 처음 등교시켜줄 때 그랬던 것처럼
같은 공간에 있어도 따로 있었고 굳이 달라진
점이라면 인사는 시키지 않아도 한다, 정도였다.
재호는 그게 뭔지 잘 알았다. 어렸을 때 자신이
꼭 그랬으니까. 외따로가 되더라도 기를 쓰고
자기 직성대로 하고야 마는, 외골수. 그걸 알기
때문에 재호는 아들이 미웠다. 하지만 그걸 알기
때문에 더욱 아들을 사랑할 수밖에, 안쓰러워할
수밖에 없었다. 아니까, 그 성격으로 사는 게

얼마나 힘든지 다 겪어봐서 아니까. 자기뿐
아니라 주변 사람들까지 그렇다는 것도 이제는
알고 있으니까. 돈 때문이 아니었으니까. 돈을
왕창 벌고 싶은데 방법이 슈마허밖에 없어서
개발한 게 아니었으니까. 아무도 안 하려고 했고
모두가 안 된다고 했다. 여긴 미국이 아니라
한국이라는 소리부터 차라리 미국 회사에 입사해
미국인이 되는 게 빠를 거란 비아냥까지, 들을
수 있는 모든 말은 다 들어봤다. 그래도 했다.
하고 싶었으니까, 다른 말로 달리 설명할 수도
필요도 없이 맹목적으로, 전부를 다해 하고,
해내고 싶었으니까. 평생 혼자 살 수도 있다는
걸 받아들일 만큼. 낯선 사람만큼이나 외로운
걸 질색하는 성격이면서도. 하지만 바로 그렇기
때문에 이제는 뜻대로 할 수 없었다. 혼자가
아니었으니까, 가족이 있으니까. 그럴수록 고작
테드 같은 영감한테 더 농락당할 뿐이라는
걸 알았지만 그건 안다고 달라지는 게 아닌,
사실이었다. 하지만 뜻대로 할 수 없는 건 회사와
슈마허만이 아니었다. 집도, 가족도 마찬가지였다.

어쩌면 그래서 세희는 레이첼이 되기로 했는지 몰랐다. 뜻대로 할 수 있는 게 없어서, 그것 하나라도 자기 뜻대로 하고 싶어서. 재호는 쓰게, 서글프게 웃었다.

재호는 할 수 있는 것이 없었다. 아들은 아들대로 이해가 가서 어떻게 할 수 없었고 또 아내가 몸까지 상해가며 선을 지켜내는데 역시나 뭐라고 할 수가 없었다. 게다가 상황이 고착된 것도 아니었다. 긴장이 나날이 고조되고 있었다. 두 사람 모두 체념한 게 아니었다. 서로 기싸움을 하고 있었고 결국 일이 터졌다.

재호가 일찍 들어온 날이었다. 그쯤엔 늘 그랬다. 회사에 마음을 붙일 데가 없었다. 누구 하나 차 한잔 마시며 수다 떨 사람이 없었다. 매튜도 회사를 그만두고 없었다. 현관을 들어서는데 아내가 날카로운 목소리로 아들을 추궁하는 게 들렸다.

대체 무슨 일이 있었던 거야. 선생님도, 친구들도 다 모른다고 하고, 학교 끝난 지도 한참인데 하루 이틀도 아니고 며칠째, 도대체 무슨 일인 거야.

아들은 말이 없었다.

누가 괴롭혔어? 요새 뉴스에 나오는 그거야? 무버 있는 애들, 없는 애들끼리 패 갈라서 서로 싸운다는 그거야?

아들은 입을 꾹 다문 채 창문 쪽을 보고 있었다. 왜? 왜 이러는 건데. 재호는 아내에게 물었다.

아내는 여전히 아들에게서 눈을 떼지 않은 채 설명하기도 버겁다는 듯 힘든 목소리로 말했다. 일주일도 넘게 매일 두세 시간씩 비어. 학원도 안 가고 친구들도 모르고, 아무도 모른데. 그리고 이 꼴 좀 봐. 아내는 아들에게 가 소매를 걷어 올려 아들의 팔뚝을 보였다. 여기저기 긁힌 자국이었고 딱지가 다닥다닥 붙어 있었다. 아들이 거칠게 뿌리치며 다시 팔뚝을 내렸다.

이놈이! 아내의 손이 올라갔다. 당연했다. 아내가 신선도 아니니까. 벌써 몇 주째 그러는 거였고 몸까지 아팠으니까. 이제껏 참아온 게 대단할 따름이었다. 재호는 가만히 아내를 말렸다.

조금도 거칠지 않았고 거칠 힘도 의욕도 없었다.
회사에서 이미 지쳤고 이쪽저쪽 오가기만 해야
하는 이 두 사람의 관계에서도 벌써부터 지쳐
있었다. 하지만, 넌지시 짚이는 것도 있었다.
가족이라서, 자길 닮은 아들이라서 어렴풋하긴
하지만 알 수밖에 없는 것. 재호는 아들에게
다가갔다. 아들, 재호는 다정하게 아들의 어깨를
감쌌다. 아빠하고 산책 좀 다녀올까? 아빠가
오늘은 좀 걷고 싶은데 같이 가줄래? 아들은 안
걸어도 돼. 아빠가 업어줄게.

아들은 답이 없었지만 싫은 기색은 아니었다.

아들, 가자. 아빠랑 같이 좀 가주라. 아들이랑
같이 가고 싶어서 그래.

아들은 보일락 말락 고개를 끄덕였다.

얼른 아들을 업었다. 아내에게 걱정 말라는
눈짓을 하고는 집을 나섰다.

아들을 업은 채로 동네 자그마한 공원을
걸었다. 길고양이 집들이 놓인 길을 지나
운동기구들이 있는 곳을 한 바퀴 돌아 주택들
뒤로 나 있는 둘레길을 걸어 올라갔다. 급한

경사는 아니었지만 아들을 업고 걷자니 쉽지는
않았다. 하지만 아들에게 물어보고 싶은 것이
있었고 그러려면 조용한 곳이, 둘밖에 없으면서도
갇힌 느낌은 없는, 넓고 평탄한 곳이 필요했다.
재호는 계속 걸어 올라갔고 이윽고 둘레길 중간에,
공원에 다다르자 한편의 벤치에 아들을 내려놨다.
완연한 봄날이었다. 햇살은 환하고 온화한 바람이
부드럽게 불었다. 주위엔 아무도 없었고 옅은
운무에 싸인 시가지가 아들 너머로 보였다. 재호는
아들의 눈높이에 맞춰 앉았다. 손을 잡아주며
물었다. 왜, 무슨 일이 있었는지 묻지 않았다. 그날
병원에 다녀온 뒤로 어떤 걸 해왔는지 물었다.
혼자서 뭘 했던 거고 왜 그랬는지.

　　아들은 머뭇거렸지만 이내 조금씩 얘기하기
시작했다. 아이답게, 너무나 여덟 살답게 훌쩍이며
전부를 털어놨다. 재호도 울었다. 같이 펑펑
울었다. 안 그래도 좀 그러고 싶었으니까. 회사가
싫고 슈마허가 싫고 레이첼도 테드도 다 싫은데
실은 싫기만 한 게 아니라 무서웠으니까, 너무
무서워서 싫다고 한 거였으니까. 아들처럼, 아들이

지금껏 그랬던 것처럼. 재호는 아들을 안았다.
마음을 다해 말해줬다.

괜찮아, 다 괜찮아. 잊어버릴 수 있어, 우리 다
잊어버릴 수 있지만 다시 배울 수도 있어. 그리고
다시 배우면 더 잘해. 정말 그래, 그럴 수밖에
없고. 어쩌면 그래서 늘 다시 배워야 하는 건지도
몰라. 늘, 다시.

13

재호는 지금까지 있었던 슈마허의 알고리듬
변경 사항과 주요 업데이트 항목들을 정리해
매튜에게 넘겼다. 회사에도 계속 남기로 했다.
레이첼뿐 아니라 테드에게까지 고분고분, 시키는
대로 하면서 차곡차곡 착실히 증거를 모을
예정이었다. 아내와는 얘기가 다 돼 있었다.
아들이 울며 한 얘기가 계기였다.

재호는 아들이 털어놓은 대로 전했다. 자신의
반항에 더해 이전과 달라진 엄마가 낯설기도 하고
또 어느 순간부터 겁이 나기 시작해 그렇게 안

걸으려 했던 거라고. 하지만 그만큼 걷고 싶었고
엄마에게 예전처럼 멀쩡히 걷는 걸 보여주고
싶었는데 그게 안 됐다고. 넘어져서, 이상하게
옛날처럼 잘, 자연스럽게 걸어지지가 않아서 더
혼자 걸어보려고 했고 그러다 다 긁히고 했던
거라고.

아내는 아무 말 없이 들었다. 잘해줬다고 했다.
같이 펑펑 울어줬던 걸 두고 한 얘기였다. 가끔은
같이 그렇게 펑펑 울어주는 것도 가르쳐주는 건데,
나는 그걸 참 못해. 나는 참 그게 안돼. 아내는
잠시 말이 없었다. 그 생각 해봤어.

뭘?

멀쩡한 두 다리로 걷는 게 왜 맞는 걸까. 재랑
매일 저녁마다 기싸움하면서 나도 생각하잖아.
내가 정말 맞는 건가.

재호는 고개를 끄덕였다.

방금 전에 얘기를 듣다 보니 정리가 됐어.
그게 뭐든, 할 수 있다는 건 능력이고 자기 자신의
일부야. 하고 싶어도 못 하는 사람들이 있으니까,
아무리 하고 싶지 않아도 해야 하는 상황이 살다

보면 생기니까. 할 수 있는 건 해야 해. 그걸 하지 않는 건 선택이 아니라 용기가 없는 거야. 아내는 재호를 봤다. 그래서 그때 병원에서, 내 모습이 그렇게 싫었던 거야. 아니었으니까, 그러고 있는 게 나였다면 당신이랑 결혼도 안 했을 거고 일을 그만두지도 건주를 낳지도 않았을 거니까.

재호는 아내를 물끄러미 봤다. 단단한 사람이라고 느꼈던 이유가 이것이었다. 아내에겐 용기가 있었다. 아내의 가장 빛나는, 여전히 변치 않는 멋지고 어여쁜 지점이었다. 그 덕분에 재호는 자신의 가장 움츠러든, 까맣게 오그라들었던 곳을 볼 수 있었다. 말을 꺼냈다. 회사와 슈마허에 있었던 문제들, 그리고 실제로 일어났던 사고까지 모두 다, 남김없이 털어놨다. 하고 나니 알 수 있었다. 이렇게 말할 사람이, 다 털어놓고 의견을 구할 사람이 절실히 필요했다는 걸. 후련했다. 아내가 어떤 결정을 내리든 수긍할 수 있을 것 같았다. 역시나 어느 쪽이든 따를 수밖에 없었고. 이후의 생활이, 삶이 달린 문제였다. 두 사람뿐 아니라 아들의 삶까지. 하지만 아내의 판단도

거기서 분명해졌다. 건주를 도로변에 마음 놓고
돌아다니게 할 수 있겠냐고, 슈마허에 마음 놓고
건주를 태울 수 있겠냐고. 그게 아니라면, 답도
아닌 거라고. 아닌 건 아니기 때문에 아니어야
한다고. 걸을 수 있다면 걸어야 하는 것처럼.
그래도 정말 괜찮겠냐고 재호는 한 번 더 물었다.
아내의 답은 달라지지 않았다. 그래야지, 안
그러면 재를 두고 마음 편히 눈을 감을 수가
없잖아. 평생도 모자라 나중에 죽어서도 재
걱정이나 하고 있어야 한다는 거잖아. 난, 오우
노우! 제발, 플리즈! 아내는 진저리 치며 웃었다.
웃겨서라기보다 힘을 내려는, 용기를 내기 위한
웃음이었다.

　며칠 뒤 영인은 재호가 넘긴 자료를 들고
법원을 방문했다. 매튜의 노력으로 많은 기자가
법원에서 영인을 기다리고 있었다. 영인은
어깨선이 꼭 맞는 트렌치코트 차림이었다. 기자들
앞에서 영인은 차분히 말했다.

　시비는 차후 법정에서 가리겠지만 한 가지
분명히 말해두고 싶은 건 자율주행이라는 말이

허상이라는 겁니다. 어떤 것이 자율이라는
건 필연히 다른 것들이 타율이라는 뜻입니다.
간단한 논리의 문제죠. 무버에 적혀 있는 말처럼
모든 것을 움직이게 하는 것은 필연히 움직이지
않는 단 하나일 수밖에 없습니다. 전기밥솥을
생각해보면 쉽죠. 인공지능이 알아서 밥을
짓는다고 우리가 자율밥솥이라고 하나요? 자동
밥솥일 뿐이고 자율주행도 결국엔 자동주행일
뿐이죠. 그 반대라면 우린 밥솥이 무슨 밥을
짓든 먹을 수밖에 없고 차들이 어떻게 주행하든
따라갈 수밖에 없습니다. 그건 명백한 횡포고
억압이며 사실 별로 낯선 것도 아니죠. 늘 가장
강력하고 악독한 횡포와 억압은 자율이라는
이름으로 행해져왔으니까요. 우리가 지금 얼마나
'자율적'으로 서로를 혐오하고 배척하는지
생각해보면 아실 겁니다. 고작 무버나 슈마허를
타거나 타지 못했다는 기준으로요. 영인은 피식
웃었다. 우리를 망치는 친구는 늘 우리와 가장
친밀한 친구죠. 영인은 가볍게 묵례하고 법원으로
들어갔다.

싸움은 이제 시작이었고 결과는 알 수 없었다. 하지만 재호는 두렵지 않았다. 긴 싸움이 될 뿐 지는 싸움이 될 순 없었으니까.

- 50

단단하고 녹슬지 않는

초판 1쇄 인쇄 2024년 2월 1일
초판 1쇄 발행 2024년 2월 21일

지은이 이혁진
펴낸이 이승현

출판2 본부장 박태근
스토리 독자 팀장 김소연
편집 곽선희 김해지 이은정 조은혜
디자인 이세호

펴낸곳 ㈜위즈덤하우스 **출판등록** 2000년 5월 23일 제13-1071호
주소 서울특별시 마포구 양화로 19 합정오피스빌딩 17층
전화 02) 2179-5600 **홈페이지** www.wisdomhouse.co.kr

ⓒ 이혁진, 2024

ISBN 979-11-7171-700-2 04810
　　　979-11-6812-700-5 (세트)

값 13,000원

한 조각의 문학, 위픽 (wefic)